Torsten Siekierka

ENDE DES SCHWEIGENS

Kurzkrimi

Bibliografische Information der Deutschen Nationalbibliothek:
Die Deutsche Nationalbibliothek verzeichnet diese Publikation
in der Deutschen Nationalbibliografie; detaillierte bibliografische
Daten sind im Internet über http://dnb.d-nb.de abrufbar.

© 2025 Torsten Siekierka
Covergestaltung: Thorsten Dörp, Foto: Pexels

Verlag: BoD · Books on Demand GmbH, In de Tarpen 42,
22848 Norderstedt, bod@bod.de
Druck: Libri Plureos GmbH, Friedensallee 273,
22763 Hamburg

ISBN: 978-3-7693-3960-4

***

Es war wie früher, als er nachts wach lag, während seine Kleidung über der Stuhllehne hing und dabei wie ein Monster aussah, das ihn als Kind verunsichert hatte. Doch das hier? Das war anders. Die Umrisse im Sandkasten sahen nicht wie ein harmloses Monster aus, sondern täuschend echt. Wie ein Körper mit ausgestreckten Händen.

Der 17-Jährige schluckte schwer. Der Wind ließ die Blätter des Baumes über ihm rascheln, als ob sie ein Geheimnis flüsterten, das nur er hören konnte. Aber verstehen konnte auch er nichts. Der Baum sah in der Dunkelheit aus wie eine Silhouette, schwarz und drohend. Vor ein paar Wochen hatte sein Vater ihm noch gesagt, dass er seine lebhafte Fantasie bewundere.

»Ist das Fantasie?«, fragte Jackson Schulz sich. »Oder ist das hier die bittere Wahrheit?«

Er stand am Rand des Sandkastens und rieb sich die Augen, blinzelte ein paar Mal. Vielleicht war es doch nur Einbildung, vielleicht … Nein. Sein ganzer Körper war steif vor Kälte, er konnte sich nicht mehr bewegen. Und es lag nicht am Wetter.

Vor ein paar Minuten hatte er sich noch über ganz andere Dinge Gedanken gemacht: zum Beispiel, ob es wirklich so schlimm gewesen war, bei Rot über die Ampel zu laufen. Und wie er eigentlich ins Haus kommen sollte. Den Schlüssel hatte er ja offensichtlich irgendwo verloren, und seine Eltern? Die entspannten sich im Schwarzwald, weit weg von allem Drama. Er hoffte inständig, dass die Verandatür offengeblieben war. Bei den Nachbarn zu klingeln war um diese Uhrzeit ausgeschlossen. Und ein Schlüsseldienst mitten in der Nacht? Das hätte Stunden gedauert.

Aber all das war plötzlich so belanglos, als er vor dieser Leiche stand. Er traute sich kaum, einen Blick auf den leblosen Körper im Sandkasten zu werfen. Das war kein Erwachsener. Dafür war die Gestalt zu schmächtig, eher wie ein Kind oder ein Jugendlicher. Kannten sie sich? Würde *er* hier liegen, wenn er eher über den Augustaplatz gelaufen wäre?

***

Klarissas Mutter goss den warmen Kakao in das Glas. Das sechsjährige Mädchen trank die braune Flüssigkeit in einem Zug leer und wischte sich theatralisch über den Mund.

»Können wir jetzt endlich los?«

»Können wir vielleicht erstmal was essen?«, entgegnete Helene Eberle ihrer Tochter, ohne den Blick von ihrem Teller zu nehmen.

Klarissa verschränkte die Arme vor ihrer Brust und drehte den Kopf dramatisch zur Wand. »Ich habe keinen Hunger. Außerdem darf man mit vollem Bauch eh nicht ins Wasser!«

Helene seufzte leise. »Bis wir im Schwimmbad sind, ist dein Bauch wieder so leer, dass du locker ins Wasser kannst. Außerdem weißt du, dass ich unausstehlich bin, wenn ich nichts gegessen habe.«

»Ich weiß nur, dass du ständig über das Essen meckerst. Egal ob Oma oder Waldi kocht.« Klarissas Stimme war jetzt ein bisschen zu schnippisch für ihr Alter, aber sie war fest entschlossen, ihrem Standpunkt Nachdruck zu verleihen.

Helene musste kurz schmunzeln. Sie war nicht wirklich böse, sondern eher amüsiert über die sture Haltung ihrer Tochter.

»Umso wichtiger, dass ich selbst frühstücke. Dann muss niemand für mich kochen, nicht mal Waldi.«

Aus dem Flur sang Guns N' Roses Knockin' on Heaven's Door. Helene stand auf, um ans Telefon zu gehen, was Klarissa mit einem lautstarken Protest quittierte.

»Ach, für dein Handy unterbrichst du dein Frühstück, aber für mich nicht!« Ihre Wangen glühten förmlich vor Empörung. Sie sah ihrer Mutter hinterher, als diese die Küche verließ.

»Ein Telefonat dauert auch nicht so lange, wie schwimmen zu gehen«, hörte das Mädchen ihre Mutter aus dem Flur rufen.

Klarissa lauschte jedem Wort, das ihre Mutter im Flur sprach. Als sie »Wir machen uns gleich auf den Weg« vernahm, sackte ihre Stimmung endgültig in den Keller. Das Schwimmbad war gestrichen. Schon wieder. Der Kloß in ihrem Hals wurde dicker. Sollte sie schreien, weinen oder vielleicht beides? Ihre kleine Faust griff nach dem Buttermesser auf dem Tisch, und ohne groß nachzudenken, schleuderte sie es gegen die Wand. Es klapperte laut auf den Boden.

Helene kam in die Küche zurück, ihre Stirn leicht gerunzelt. Diesen Blick kannte Klarissa nur zu gut.

»Klarissa ...«

»Ist schon wieder jemand tot?«, fragte die Sechsjährige, wobei sie die Mundwinkel herunterzog. Dann griff sie nach dem Löffel im Kakaoglas und begann, mit der Rückseite leise gegen das Glas zu trommeln. Sie wusste genau, dass ihre Mama immer arbeiten musste, wenn jemand gestorben war.

Helene seufzte und kniete sich neben ihre Tochter, nahm sanft ihre Hand. »Ja. Ein Junge. Ein bisschen älter als du. Auf einem Spielplatz. Er lag da wahrscheinlich die ganze Nacht.«

Klarissas Augen wurden groß, und ein Schluckauf unterbrach ihre Atmung. Sie schaute ihre Mutter lange an und flüsterte dann: »Das ist viel trauriger als nicht ins Schwimmbad zu gehen.«

Beide umarmten sich still, während die Realität dieses Momentes auf sie beide wirkte. Die Wohnungstür öffnete sich und Walter Paul kam herein.

»Der Brötchendienst ist da!«, rief er mit übertriebener Fröhlichkeit.

Der Duft von frisch aufgebackenen Brötchen füllte die Altbauwohnung. Helene ging auf ihn zu. Er wollte ihr einen Kuss geben, aber Klarissa sah, wie ihre Mutter den Kopf leicht zur Seite drehte.

»Alles in Ordnung?«, fragte Paul leise, sichtlich irritiert.

»Ein Kind ist tot. Auf einem Spielplatz.«

Paul blickte zur Küchentür, wo Klarissa stand. Sein Gesichtsausdruck zeigte deutlich, dass er mit dieser Nachricht nicht gerechnet hatte. Vor allem nicht von einer Sechsjährigen.

»Guck nicht so. Das Frühstück fällt aus«, sprach Helene.

»Und Schwimmen auch«, fügte Klarissa mit einem düsteren Blick hinzu.

Paul blinzelte verwirrt und fragte: »Wo ... wo ist das passiert?«

»Auf einem Spielplatz in Steglitz. Augustplatz oder so ähnlich.«

***

Kurz vor 09:00 Uhr erreichte Helene Eberle den Augustaplatz. Gemeinsam mit Walter Paul zog sie sich die blauen Überzieher über die Schuhe, um keine Spuren zu hinterlassen. Mit einem routinierten Schwung kroch sie unter dem rot-weißen Flatterband hindurch, das den gesamten Platz umschloss. Die Morgensonne blendete sie, und für einen Moment musste sie blinzeln, bevor sie ihre Kollegin Rita erblickte, die auf sie zukam.

Rita, die Polizistin im Dauerdienst, sah wie immer makellos aus. Frisch frisiert, perfekt geschminkt, und das um diese Uhrzeit. Helene war froh, wenigstens geduscht zu haben, bevor sie sich auf den Weg nach Steglitz gemacht hatte.

»Na, ihr Süßen«, begann Rita und machte eine kurze, dramatische Pause. Helene kannte sie inzwischen gut genug, um zu wissen, dass Rita so ziemlich jeden beim LKA »Süßer« oder »Süße« nannte.

»Um 04:29 Uhr ging der Notruf ein. Entdeckt wurde die Leiche aber wohl schon gegen 03:30 Uhr. Ein Junge, männlich, zwischen 11 und 14 Jahre alt. Keine äußeren Verletzungen. Auf den ersten Blick sieht es nach einem Tod ohne Fremdeinwirkung aus.«

»Tod ohne Fremdeinwirkung?« Pauls Skepsis war nicht zu überhören. »Ein Kind liegt tot auf einem Spielplatz, mitten in der Nacht von Freitag auf Samstag, und dann soll es keine Fremdeinwirkung gegeben haben?«

Rita nickte, ihre Lippen zuckten leicht. »Deshalb habe ich euch gerufen. So was kommt nicht alle Tage vor.«

Helene und Paul folgten Rita in Richtung Sandkasten, wo der leblose Körper gefunden worden war.

Auf dem Weg fragte Paul: »Sind die Eltern schon informiert?«

Rita schüttelte den Kopf. »Noch nicht. Wir wissen nicht einmal, wer der Junge ist.«

»Gibt es eine Vermisstenmeldung?«, fragte Helene.

»Simone geht im Büro alle offenen Fälle durch«, erwiderte Rita. »Ich hoffe selbst, bald mehr zu wissen. Glaubt mir, ich warte sehnsüchtig auf ihren Rückruf.«

Bevor sie den Tatort erreichten, kam Dietmar Schulz auf sie zu, seine imposante Wampe vor sich herschiebend. Helene rollte innerlich mit den Augen, ließ sich aber nichts anmerken.

»Wir wissen nur, von wo der Notruf abgesetzt wurde«, brummte Schulz. »War hier aus der Umgebung. Kommt jemand mit, um das zu überprüfen?«

***

Jackson Schulz lag auf dem Sofa im Wohnzimmer, die Augen halb geöffnet, als hätte er nur widerwillig dem Schlaf nachgegeben. Es musste gegen halb sechs gewesen sein, als er endgültig eingedöst war. Der Tod war in seinem Leben bisher nie ein Thema gewesen. Bis zur letzten

Nacht. Bis zu dem Moment, als er die Leiche eines Jungen im Sandkasten entdeckte. Irgendwie kam er ihm bekannt vor. Vielleicht aus dem Viertel. Aber eigentlich war das egal. Er musste sich an den Rat seines Vaters halten: ›*Kümmere dich um dich selbst und um deine eigenen Probleme.*‹ – nur … das war leichter gesagt als getan.

Der Kuckuck an der Wand rief dreimal! Nicht, weil es Zeit war, sondern weil jemand an der Tür klingelte. Schulz riss die Augen auf, sein Herz machte einen kleinen Hüpfer. Wie spät war es?

Der kalte Marmorboden unter seinen Füßen fühlte sich wie ein Stromstoß an, als er hastig aufstand. Das Leder der Couch war nass, er musste im Schlaf geschwitzt haben. Wieder ertönte der Kuckuck.

»Ich komm ja schon«, murmelte er und stolperte Richtung Tür. Ihm war schwindlig. Als er die Klinke herunterdrückte, stand ein Trio vor ihm.

»Guten Morgen. Hauptkommissarin Helene Eberle, und das sind meine Kollegen Walter Paul und Dietmar Schulz.«

»Lustig«, brummte der Mann mit der Wampe. »Wir haben den gleichen Nachnamen, aber so ein Haus könnte ich mir von meinem Gehalt nie leisten.«

Jackson Schulz sah, wie die Frau mit den braunen Haaren dem glatzköpfigen Schulz einen genervten Blick zuwarf. Dann richtete sie sich wieder an ihn.

»Sind ihre Eltern zu Hause?«

Der Junge in der Tür verneinte stumm.

»Dann haben Sie in der letzten Nacht einen Notruf abgesetzt?«

Jetzt nickte Jackson Schulz.

»Wir hätten dazu ein paar Fragen.«

Er versuchte, sich zu konzentrieren, aber die Müdigkeit hing ihm immer noch in den Knochen. Die drei Gestalten vor ihm erschienen ihm verschwommen. Er hatte noch nie groß mit der Polizei zu tun gehabt, außer einmal, als jemand versuchte, bei ihnen einzubrechen. Aber da waren seine Eltern zu Hause, und das fühlte sich sicherer an. Jetzt war er allein.

»Bist du überhaupt schon volljährig?«, hörte er den Mann mit der Wampe ungläubig fragen.

Jackson Schulz hätte sich lieber weiter mit der Frau unterhalten, die wirkte um einiges freundlicher. Außerdem roch sie so wunderbar nach Pfirsich-Vanille.

»Ich … ich bin siebzehn«, brachte er kleinlaut hervor.

»Wo sind deine Eltern?«, fragte der Glatzkopf mit einem Ton, als hätte er etwas Verbotenes getan.

Als wäre es eine Straftat, allein zu Hause zu sein.

»Die sind in unserem Ferienhaus. Im Schwarzwald. Sie kommen erst in einer Woche wieder.« Nervös strich er sich durch seine schulterlangen Haare.

»Dürfen wir reinkommen?«, fragte die Polizistin. Ihre Stimme war freundlich, aber bestimmt.

Jackson Schulz nickte mechanisch, aber bevor er etwas sagen konnte, wurde ihm plötzlich schwindelig. Alles um ihn herum begann sich zu drehen, als hätte jemand das Wohnzimmer auf eine Drehscheibe gestellt. Übelkeit kroch in ihm hoch, und bevor er sich fangen konnte, taumelte er und knallte mit dem Kopf gegen den Türrahmen. Dann war es dunkel.

***

Zurück am Tatort erfuhren Dietmar Schulz, Walter Paul und Helene Eberle, dass die Leiche des toten Jungen, auf Anordnung der Staatsanwaltschaft, bereits auf dem Weg in die Gerichtsmedizin war. Der Augustaplatz war wieder zugänglich, nur der Bereich des Spielplatzes war noch abgeriegelt. Vor dem rot-weißen Flatterband brannten Kerzen, und auf dem Boden lagen bereits zahlreiche Blumen. Menschen kamen in regelmäßigen Abständen, hockten sich nieder, legten weitere Blumen ab oder zündeten Kerzen an. Für die Kriminalbeamten war das kein gutes Zeichen.

»Es hat sich wohl schon rumgesprochen«, murmelte Paul.

»Es ist nur eine Frage der Zeit bis die Medien auftauchen, während wir noch nicht mal den Namen des Opfers kennen«, ergänzte Helene.

Ihr Handy vibrierte in der Hosentasche. Sie zog es heraus und nahm den Anruf entgegen. Auf der anderen Seite kreischte Simone Otto.

»Eine Vermisstenmeldung!«, rief die Kollegin, fast triumphierend.

Endlich ein Ansatzpunkt. Doch Helene wusste, dass dieser Hinweis sie in die düsterste Ecke ihres Jobs führen würde: die Nachricht überbringen, dass ein Angehöriger tot aufgefunden worden war! Und in diesem Fall war es ein Junge zwischen 11 und 14 Jahre.

»Ist doch überhaupt nicht klar, ob die Meldung überhaupt was mit dem toten Jungen auf dem Spielplatz zu tun hat«, warf Dietmar Schulz ein. »Und wir haben ja nicht mal ne Ahnung, ob da jemand nachgeholfen hat.«

Helene warf Schulz einen Blick zu, der Bände

sprach, als wolle sie ihn fragen, ob er ernsthaft an Wunder glaubte.

»Was?«, gab der zurück und riss die Hände ein Stück hoch, als wollte er sich gegen einen unsichtbaren Angreifer wehren. »Wir müssen mit den Fakten arbeiten, die wir haben. Predigst du doch selbst ständig. Und Fakt ist: Es gibt keine äußeren Verletzungen. Punkt.«

»Für die Eltern wird es nichts Schlimmeres geben, als über den Tod ihres eigenen Kindes informiert zu werden«, entgegnete Helene. Ihre Stimme war leise, doch schwer wie Blei. »Und wenn es sich auch noch um ein Tötungsdelikt handelt, setzt das allem die Krone auf.«

Paul und sie schwiegen, während sie dabei zusahen, wie die Leute vor dem Flatterband weitere Blumen hinlegten. Dietmar Schulz stand daneben und gähnte, als wäre das hier ein langweiliger Sonntagsausflug.

***

Magdalena Schünemann legte das Telefon nicht mehr aus der Hand. Warum rief niemand an? Nicht die Polizei, nicht ihr Sohn selbst, nicht einmal die Eltern des Jungen, bei dem Lukas übernachten wollte. Sie stand auf, ging zum Küchenfenster und starrte hinaus. Die Sonne lachte, doch in ihr tobte ein Erdbeben der Stärke 12. Mit einem Regensturm aus Tränen. Sie verließ die Küche, als könne sie der Sonne und ihrer trügerischen Normalität nicht länger ins Gesicht sehen, und ging ins Obergeschoss.

Im Schlafzimmer saß ihr Mann auf der Kante des Wasserbetts. Sein Oberkörper wippte unaufhörlich vor und zurück, als wäre er gefangen in einer Endlosschleife. Mike Schünemann sah aus, als sei er in den letzten zwei Stunden um Jahrzehnte gealtert. Er war es gewesen, der bei Lorenz, dem Freund ihres Sohnes, angerufen hatte. Sie würde diesen Anruf nie vergessen. Sie sah das Bild vor sich: Die Augen ihres Mannes waren weit aufgerissen, der Schmerz in seinem Gesicht kaum zu ertragen, als er ins Telefon geschrien hatte:

»Was sagen Sie? Das kann nicht sein. Verdammt, das kann nicht sein! Lügen Sie nicht!«

Zum ersten Mal in ihrer siebzehnjährigen Ehe hatte sie ihren Mann weinen sehen. Seine Hände zitterten, als er das Telefon ablegte und flüsterte: »Lukas ist weg. Wir müssen die Polizei rufen.« Immer wieder murmelte er diesen Satz, als hätte er ihn nicht wirklich begriffen.

Sie drückte mit zitternden Fingern die Türklinke des Zimmers ihres Sohnes herunter. Vielleicht, dachte sie, ist das alles nur ein böser Traum. Vielleicht lag Lukas oben in seinem Bett, eingekuschelt in seine Decke, während sie hier unten die Kontrolle verlor. Doch das Bett war leer ...

Es klingelte an der Haustür. Magdalena Schünemann fuhr zusammen, ihr Herz setzte einen Schlag aus. Sie hörte, wie ihr Mann die Treppe hinunterrannte, seine Schritte klangen hastig, unsicher, fast wie in einem Albtraum. Er stolperte, fing sich gerade noch ab, und stürzte zur Tür. Als sie ihm folgte, sah sie ihn abrupt abbremsen. Ein fremdes Paar stand vor der Tür.

»Familie Schünemann?« Eine Frau mit braunen Haaren sah den Vater an. Ihre Stimme klang ruhig, aber fest. Magdalena Schünemann schlich zu ihrem Mann, der unbeholfen stotterte, bevor sie fragte: »Wer sind Sie?«

»Mein Name ist Helene Eberle. Das ist mein Kollege Walter Paul. Wir sind von der Kriminalpolizei.«

Magdalena Schünemann fühlte, wie der Boden unter ihr nachgab.

»Sie haben Ihren Sohn als vermisst gemeldet?«

Sie nickte, während ihre Beine zitterten und sie das Gefühl hatte, den Halt zu verlieren. Sie klammerte sich an ihren Mann. Der stand steif und reglos da, als hätte die Zeit ihn erfasst und eingefroren.

»Was ist passiert?« Seine Stimme war kaum ein Flüstern, als er endlich sprach.

Sie zog ihn vorsichtig zur Seite und führte die Polizisten ins Haus. Sie setzten sich um den großen Eichenholztisch in der Küche.

»Haben Sie ein aktuelles Foto von Ihrem Sohn?«, fragte die Beamtin sanft.

Die Mutter schlich zu einer Schublade, zog ein Passfoto heraus und reichte es der Frau, während sie ihren Mann sanft über den Rücken streichelte. Der saß mit hängenden Schultern da, als würde sein Körper jeden Moment zusammenbrechen.

Die Polizisten tauschten einen Blick aus, den sie nicht deuten konnte, aber ihre Kehle schnürte sich zu. Dann atmete die Beamtin tief ein, als wollte sie eine Welle aus Worten über sie bringen, die alles verändern würde.

»Es ist sehr wahrscheinlich, dass Ihr Sohn …«

Bevor sie weitersprechen konnte, sprang Mike Schünemann auf: »Wo ist er? Was ist mit ihm?«

Der Polizist hob die Hand, doch der Vater schnitt ihm das Wort ab, seine Stimme war verzweifelt, voller Wut. »Was wissen Sie? Sagen Sie es endlich!«

Seine Frau legte ihre Hände auf seine Schultern

und drückte ihn sanft zurück auf den Stuhl. Ihr Körper zitterte.

»Gestern Abend … Lukas wollte bei einem Freund übernachten.«

Mike Schünemanns Kopf knallte auf die Tischplatte, im nächsten Moment fiel er vom Stuhl.

»Ich rufe den Krankenwagen!«, hörte die Mutter die Polizistin rufen. Sie kniete sich neben ihren Mann, strich ihm übers Gesicht, ihre Tränen tropften auf seine Wange.

Fünfzehn Minuten später war Mike Schünemann auf dem Weg ins Krankenhaus. Seine Frau blieb zurück. Zu viele Fragen, keine Antworten.

Wieder am Wohnzimmertisch sitzend beobachtete sie den Polizisten, der in seinen Notizblock schrieb, während seine Kollegin ihr wieder Fragen stellte.

»Wie heißt der Freund, bei dem Lukas übernachten wollte?«

»Lorenz ... Schmidhuber. Ich habe seine Telefonnummer, aber nicht die Adresse.«

Walter Paul nickte und verließ den Raum, um zu telefonieren. Fünf Minuten später kam er zurück.

»Wir haben die Adresse. Wir werden dort vorbeischauen und uns dann bei Ihnen melden.«

Die Mutter nickte. »Bitte finden Sie ihn. Finden Sie meinen Sohn. Bitte!«

***

Charlotte Schmidhuber stand vor dem Esstisch, während das Frühstücksgeschirr klirrend auf dem Tablett landete.

»Ihr kennt doch den Lukas. Der ist ein Schisshase! Hat sich einfach nicht getraut, woanders zu schlafen. Sonst hätte der nicht mitten in der Nacht zu seiner Mami gewollt. Und ihr, ihr wart auch noch so nett, ihn nach Hause bringen zu wollen. Als Dank rennt der weg! Ihr könnt nichts dafür, dass der ein verzogenes Muttersöhnchen ist.«

»Aber der Vater hat doch vorhin angerufen«, gab ihr Sohn leise zurück. »Lukas ist nicht zu Hause angekommen. Mama, wir haben echt Angst. Was, wenn jetzt die Polizei kommt?«

»So schnell kommen die nicht. Und der Vater ist genauso so ein Weichei wie sein Sohn. Oder warum glaubt ihr, dass Lukas sich so verhält?« Mit diesen Worten drehte die Mutter sich um und ließ ihren Sohn und seinen Freund verdutzt am Tisch zurück.

Hätte sie die Blicke gesehen, die die Jungen tauschten, wäre ihr klar geworden, dass sie mehr wussten, als sie zugeben wollten.

Es klingelte an der Haustür.

»Was ist, wenn das die Polizei ist?« Luis, der

Freund ihres Sohnes, klang jetzt ängstlich. Doch Charlotte Schmidhuber tat seine Worte als Unsinn ab.

»Vielleicht sollte ich lieber nach Hause gehen«, flüsterte er, als das Klingeln erneut ertönte.

»Ihr bleibt hier. Ich schau nach, wer das ist«, entgegnete sie bestimmt und trug das Tablett mit dem Geschirr in der Hand aus dem Esszimmer.

Sie stellte es hastig in der Küche ab und spähte durch die Gardine.

Eine Frau stand vor der Tür, in eine dunkelblaue Windjacke gehüllt, die Haare streng zum Pferdeschwanz gebunden. Wieder klingelte es. Diesmal klopfte die Frau energisch gegen die Tür. Charlotte Schmidhuber spürte, wie sich ihr Magen verkrampfte. Sie verstand nur Fetzen, aber es reichte, um zu erkennen, dass die Situation brenzlig war.

»Das werdet ihr bereuen, meinen Sohn für irgendwas zu verdächtigen«, flüsterte sie zu sich selbst, während sie ein weiteres Mal durch die Gardine spähte.

Ein Mann war jetzt neben der Frau aufgetaucht, vermutlich ihr Kollege. Die Mutter strich sich nervös durch ihre blonden Strähnen, die ihren Bob umrahmten, und schlich zur Haustür. Jetzt hörte sie die Frau deutlicher. Ihre Stimme hatte etwas Schrilles, wie das Krächzen einer Nebelkrähe. Der

Kollege sagte ruhig, dass rund ums Haus alles still sei. Wahrscheinlich wäre niemand zu Hause.

»Frau Schmidhuber, ich will nach Hause«, kam es plötzlich von Luis aus dem Flur. Sie erstarrte. Stumm deutete sie mit dem Finger ins Wohnzimmer und hoffte, dass die Leute draußen die Stimme nicht gehört hatten.

Es klingelte ein viertes Mal. Die Polizistin schien allmählich die Geduld zu verlieren.

»Das kann doch nicht sein! Die Gardine in der Küche hat sich bewegt, da muss jemand zu Hause sein.« Ihr Kollege seufzte und meinte, er wolle lieber nicht wissen, was sie jetzt wieder im Sinn habe.

Ich plane auch etwas, und das wird besser als euer Plan, dachte die Frau mit dem blonden Dutt, während sie hektisch auf das Gäste-WC eilte und das Katzenklo schnappte. Sauberkeit war ihr heilig, das Katzenklo hatte in der Küche nichts verloren, geschweige denn die Katze selbst. Aber sie brauchte eine Ausrede. Falls die Polizei einbrechen sollte, würde sie erklären, warum sich die Gardine bewegt hatte.

Zurück im Flur lauschte sie wieder den Stimmen.

»Ich habe eine Idee«, sagte die Polizistin. »Vielleicht ist hier jemand gestürzt und liegt verletzt im

Haus. Das Wackeln der Gardine könnte ein Hilferuf gewesen sein.«

»Ihr Mistmaden. Meinen Sohn kriegt ihr nur über meine Leiche!«, zischte Charlotte Schmidhuber. Lorenz war alles für sie. Sie und ihr Mann hatten immer darauf geachtet, ihn behütet aufwachsen zu lassen, weit entfernt von allem, was schaden könnte. Er war erst dreizehn. Und sie würden nicht zulassen, dass er in Kontakt mit der Polizei kommt, bevor er überhaupt richtig angefangen hatte, sein Leben zu leben.

Schon wieder klingelte es. Diesmal hämmerte die Polizistin mit voller Wucht gegen die Tür. »Ist alles in Ordnung? Brauchen Sie Hilfe? Wir brechen jetzt die Tür auf! Der Rettungswagen ist schon unterwegs!«

Charlotte Schmidhuber rannte ins Wohnzimmer, doch die Jungen waren nicht mehr da! Die Zeit saß ihr im Nacken. Sie hörte den ersten Tritt gegen die Haustür, raste ins Obergeschoss und riss die Tür zum Jugendzimmer auf: »Los! Schnell. Beeilt euch! Und seid ja leise.«

Die Jungen folgten ihr wortlos. Kaum hatten sie die Kellertür hinter sich geschlossen, hörte die Mutter, wie die Polizistin im Flur rief: »Wir sind jetzt drinnen. Bleiben Sie ruhig. Hilfe ist unterwegs.«

***

»Wenn Sie nicht das bei weitem beste Team wären, das ich je hatte, hätte Ihr Alleingang drastische Konsequenzen! Sie können doch nicht einfach in das Haus fremder Leute eindringen! Und wir alle wissen, dass zu keiner Zeit jemand in Gefahr war, wie Sie behaupten. Die Familie macht uns die Hölle heiß!«

Helene spürte, wie die Wut ihres Vorgesetzten, Udo Golombek, den Raum förmlich aufheizte. Sie wusste, dass es das Beste war, ihn erst einmal Dampf ablassen zu lassen. Wenn er sich beruhigt hatte, würde sie sich erklären. Selten hatte sie den Ersten Kriminalhauptkommissar so aufgebracht gesehen. Sein Gesicht leuchtete in einem ungesunden Rot, das Helene an eine Warnlampe erinnerte. Sie warf einen Seitenblick zu Walter Paul, der regungslos neben ihr saß, als wäre er völlig unbeteiligt. Helene atmete tief ein, die Stille zwischen den scharfen Worten ihres Chefs erfüllte den Raum. Während Golombek weiter sprach, fest und um Kontrolle bemüht, starrte Helene auf den akribisch aufgeräumten Schreibtisch vor ihr, anstatt ihm direkt ins Gesicht zu schauen. Sie hätte lieber aus dem Fenster geblickt, aber das hätte respektlos gewirkt.

Und Respekt hatte sie vor Golombek – mehr als vor den meisten anderen Menschen, die sie kannte.

»Möchten Sie nichts dazu sagen?«, fragte ihr Vorgesetzter und fixierte sie mit durchdringendem Blick.

Helene schaute erneut zu Paul. Sein Gesichtsausdruck verriet: Lass ihn erstmal machen. Auch wenn er kein Wort sagte. Helene wusste, was sie sagen wollte, aber sie musste es vorsichtig formulieren. Noch mehr Öl ins Feuer zu gießen, wäre fatal. Dann schien die erste Wut abgelassen zu sein.

»Udo, du hast recht. Walter und ich hätten nicht in das Haus eindringen dürfen. Dafür entschuldige ich mich. Aber ich finde es seltsam, dass die Familie uns jetzt den schwarzen Peter zuschiebt.«

Golombek unterbrach sie sofort. »Frau Eberle, Sie und Herr Paul sind unerlaubt in das Haus eingedrungen. Das ist Fakt. Natürlich schieben die uns den schwarzen Peter zu!«

»Aber wir haben geklingelt und geklopft. Niemand hat uns geöffnet. Und findest du es nicht merkwürdig, dass die Familie sich vor uns im Keller versteckt und dann eine Dienstaufsichtsbeschwerde einreicht? Sie hätten uns einfach die Tür öffnen und mit uns reden können. Stattdessen versuchen sie, uns als die Bösen darzustellen. Irgendwas stimmt da nicht.«

Golombek erhob sich von seinem Stuhl, seine Hände drückte er fest auf dem Schreibtisch, während er sich leicht nach vorne beugte. Helene spürte die Spannung in der Luft.

»Frau Eberle, noch einmal: Sie und Herr Paul hatten kein Recht, in das Haus einzudringen. Die Familie musste Ihnen die Tür nicht öffnen, und ob sie sich im Keller verstecken, geht uns nichts an. Und damit ist das letzte Wort gesprochen.«

Helene verließ das Büro mit schwerem Herzen. Draußen atmete sie tief durch, aber die Luft brachte ihr keine Erleichterung. Die Straßen waren überfüllt, Menschen schoben sich wie eine unaufhaltsame Welle voran. Zwei Rettungswagen rasten mit sirrenden Sirenen an ihr vorbei.

Ihr Handy vibrierte in der Tasche, aber sie ignorierte es. Sie bog in eine ruhige Nebenstraße ab, in der Hoffnung, ihre Gedanken zu ordnen. Golombeks wütendes Gesicht war noch immer vor ihrem inneren Auge. Wieder vibrierte das Telefon. Wenn doch bloß ihre Geldbörse statt des Handys in der Hosentasche stecken würde, sie hätte sich Pommes und eine Currywurst gegönnt, um ihre Seele zu beruhigen. Als das Handy zum dritten

Mal vibrierte, zog sie es genervt aus der Tasche. Auf dem Display erschien ›Waldi‹ – der Spitzname, den ihre Tochter Paul gegeben hatte.

»Was ist?«, fragte sie knapp.

»Wo bist du?«, hörte sie Pauls ruhige Stimme.

»Irgendwo, wo ich Ruhe finden will.«

»Bist du auf dem Weg nach Hause?«

»Noch nicht.«

»Was ist los? Du klingst so abwesend.«

»Ich brauche Zeit für mich. Warum rufst du an?«

»Unser Fall wird jetzt von der Soko übernommen.«

Helene blieb stehen und lehnte sich gegen die kalte Hauswand, die ihr ein wenig Stabilität gab. »Was heißt das?«

»Es gibt jetzt die Soko Sandkasten, zwanzig Leute sind eingeteilt.«

Helene konnte nicht anders, als den Namen lächerlich zu finden. Aber vielleicht war es genau das, was der Fall brauchte – mehr Aufmerksamkeit. Immerhin ging es um den Tod eines Kindes. Der Gedanke schmerzte sie, vor allem, wenn sie daran dachte, dass ihre eigene Tochter bald in dem Alter des toten Jungen sein würde. »Und du und ich sind auch dabei«, fügte Paul hinzu.

»Ich?«

»Ja, Udo hat gesagt, er kann auf deine Expertise nicht verzichten. Er hat dich in den höchsten Tönen gelobt. Außerdem war ich ja auch bei den Schmidhubers dabei. Glaub mir, er weiß, was er an uns hat.«

Helene atmete tief ein. Golombek hatte ihr zwar die Leviten gelesen, aber er war offenbar nicht nachtragend. Dennoch fühlte sie, wie das mulmige Gefühl in ihrem Bauch blieb, als würde sich die Last des Falls weiter in sie hineinfressen.

»Walter, ich setze mich in die U-Bahn und fahre nach Hause. Ich brauche dringend Ruhe.«

**

In der Metzer Straße saß Helene auf dem Balkon, die Ellbogen locker auf das kalte Metallgeländer gestützt. Die untergehende Sonne tauchte die Straßen in ein sanftes Abendlicht, während der Verkehr aus der Ferne leise summte. Klarissa war noch mit Christos und seiner Mutter in Thommys Tobewelt, einem Indoorspielplatz in Weißensee, und Paul war noch auf dem Heimweg. Er hatte versprochen, zwei Döner mitzubringen.

Eine Taube setzte sich auf die Brüstung und gurrte leise. Doch schon beim kleinsten Geräusch flatterte sie erschrocken davon. Helene schmunzelte. Während andere an einem Samstagabend auf Partys gingen, sich mit Freunden trafen oder gemütlich vor dem Fernseher saßen, beobachtete sie Tauben und wartete auf Fast Food. Die Normalität ihres Lebens kam ihr in diesem Moment fast absurd vor.

»Essen ist da!« Pauls Stimme durchbrach ihre Gedanken, und sie drehte sich zur Balkontür um. Mit einem Lächeln nahm sie ihm die weiße Kunststofftüte ab.

»Welcher ist meiner?«

Helene zog die beiden in Alufolie eingewickelten Döner heraus.

»Der mit dem Kreuz«, antwortete Paul und setzte sich ihr gegenüber, während er ein Bier aus der Tüte holte. »Magst du nochmal über heute Mittag reden?«

Helene biss in ihren Döner, während sie schmatzend antwortete: »Ich bin erleichtert, dass Udo uns in die Soko aufgenommen hat.«

»Er wäre schön blöd, wenn er es nicht gemacht hätte«, sagte Paul und öffnete die Flasche mit einem Feuerzeug.

»Wie meinst du das?« Helene runzelte die Stirn und reichte ihm die Tüte zurück.

Paul nahm einen Schluck Bier und sprach ruhig weiter. »Er weiß, was er an uns hat.«

»Vor allem ein großes Risiko«, gab Helene zu bedenken.

Paul setzte die Flasche ab und sah sie ernst an.

»Es geht um ein Kind, das getötet wurde. Da gibt es kein Risiko, nur die Pflicht, herauszufinden, was passiert ist. Die Eltern haben ein Recht darauf, die Wahrheit zu erfahren. Aber du hast natürlich recht, wir dürfen nicht zu emotional an die Sache herangehen.«

Seine Worte trafen Helene unerwartet. Wut stieg in ihr auf, heiß und ungefiltert, wie eine Flamme, die sie nicht zurückhalten konnte. »Wie bitte? Emotional? Das sagt jemand, der sein eigenes Kind verloren hat?« Ihre Stimme überschlug sich, ihre Hände zitterten vor Zorn. »Ich fasse es nicht!«

Ohne nachzudenken, warf sie den Döner über die Balkonbrüstung und verschwand wütend im Wohnzimmer. Paul blieb verdutzt zurück. Er kannte Helene gut, ihre Gefühle kochten oft hoch, doch so außer Kontrolle hatte er sie noch nie erlebt. Er stand auf, ging zur Brüstung und schaute hinunter. Der Döner lag aufgeklappt in einem Blumenbeet, das Kalbfleisch zwischen den Blättern verteilt. Der nächste Hund wird sich freuen, dachte er bitter.

Die Worte, die Helene ihm an den Kopf geworfen hatte, brachten ihn zurück in seine Vergangenheit.

Er dachte an seinen Sohn, an den tödlichen Unfall, an den Verlust. Die Erinnerungen schlugen ihm ins Gesicht wie kalter Wind, der seine Augen feucht werden ließ.

Helene tauchte wieder in der Balkontür auf, ihr Gesicht von Reue gezeichnet. »Entschuldige ... ich wollte das nicht, aber ...«

Paul nickte nur. Er vermied es, sie anzusehen.

»Du hast ja recht. Wie so oft«, murmelte er, seine Stimme klang hohl.

Helene wollte zu ihm gehen, ihn in den Arm nehmen, doch im Flur rief ihr Handy nach ihr.

Ein Blick auf das Display verriet, dass der Anruf wichtig war: Horst Merkel, der Gerichtsmediziner.

»Hallo Horst, was gibt es?«

»Entschuldige die späte Störung, aber ich habe Neuigkeiten, die nicht bis morgen warten können.«

»Worum geht es genau?«

»Um die Obduktion.«

»Obduktion? Jetzt schon?«

»Wenn ein Kind auf dem Tisch liegt, ziehen wir das vor. Es ist eine mentale Belastung, die wir schnell hinter uns bringen wollen ... verstehst du?«

»Natürlich. Warte kurz.« Helene ging ins Wohnzimmer, winkte Paul hinein und schaltete den Lautsprecher ein. »Jetzt kannst du reden.«

»Die Eltern des Opfers waren hier, sie haben ihren Sohn identifiziert.«

Helene hörte, wie der Mann am anderen Ende der Leitung schwer schluckte. Seine sonst so harte Fassade begann zu bröckeln.

»War es so schlimm?«, fragte Paul leise.

»Der Vater ... er ist völlig zusammengebrochen, hat um sich geschlagen. Wir mussten ihn mit Dietmars Hilfe festhalten. Schließlich haben wir ihn mit Einverständnis seiner Frau einweisen lassen.«

Die Stille nach diesen Worten war bedrückend, als würde sie die Luft im Raum dicker machen. Paul nahm einen tiefen Schluck von seinem Bier, während Helene versuchte, die Situation zu verarbeiten.

»Wollt ihr noch heute Abend in die Gerichtsmedizin kommen oder erst morgen?«, fragte Horst schließlich.

»Heute noch«, antwortete Helene entschieden. Sie wollte nicht warten. Der Gedanke, Details zu verpassen, hätte an ihr genagt.

Paul flüsterte ihr zu: »Ich bleibe hier und warte auf Klarissa. Fahr du hin.«

Helene plagte ein schlechtes Gewissen, aber sie wusste, dass sie diese Aufgabe nicht abgeben konnte. Sie brauchte die Informationen aus erster Hand. Sie hatte das Gefühl, dass das, was Horst zu sagen hatte, mehr als nur Worte waren. Es würde sie alles kosten, auch die Kraft, das zu sehen, was er ihnen zeigen würde.

***

Helene Eberle wurde am Eingang des gerichtsmedizinischen Instituts von Horst Merkel erwartet. Sein Gesicht wirkte müde, die Gummihandschuhe an seinen Händen waren rot gefärbt. Vermutlich von Blut. Trotz der schwindenden Helligkeit erkannte Helene dies sofort. Sie wusste, dass Bud Spencer seine Handschuhe normalerweise abzog, bevor er den Obduktionssaal verließ. Heute hatte er es vergessen. Doch Helene zeigte Verständnis statt Abscheu. Die ausgestreckte Hand des Gerichtsmediziners lehnte sie trotzdem freundlich ab.

Kaum betraten beide den gefliesten Raum, wurde Helene vom grellen Licht geblendet. Sie kniff die Augen zusammen. Der Geruch war unangenehm, süßlich und scharf, und ließ ihr Inneres rebellieren. Horst Merkel begann sachlich zu berichten, doch Helene musste sich sammeln, bevor sie sich auf seine Worte konzentrieren konnte. Der Junge, dessen lebloser Körper auf dem Tisch lag, erinnerte kaum noch an das Kind, das sie auf dem Spielplatz gefunden hatten – nicht nur wegen der abrasierten Haare.

»Komm ruhig einen Schritt näher«, forderte Merkel sie auf.

Helene zögerte. Der Anblick und der abscheuliche Geruch hielten sie zurück.

»In der Mundhöhle des Jungen habe ich Sand gefunden, wie wir ihn aus Buddelkästen auf Spielplätzen kennen. Aber nur im Mund. In der Speiseröhre gab es keine Spuren.«

»Wenn er jemanden hätte beeindrucken wollte, hätte er den Sand geschluckt. Aber da er nur in der Mundhöhle zu finden ist, wurde er ihm wahrscheinlich unter Zwang eingeführt«, schlussfolgerte Helene.

Merkel nickte zustimmend. »Genau dieser Punkt hat mich dazu veranlasst, eine eingehende Leichenschau durchzuführen«, erklärte er. »Und dabei konnte ich relativ schnell die Todesursache feststellen. Es deutet darauf hin, dass der Junge in einen sogenannten Schwitzkasten genommen wurde.«

Helene runzelte die Stirn.

»Aber davon stirbt man doch nicht.«

»Unter normalen Umständen nicht. Aber es kann

unglücklich verlaufen, und das war hier der Fall.«

»Also war es ein Unfall?«

Merkel atmete tief durch. »Ja und nein. Dieser Schwitzkasten kann unter Umständen einen Reflextod auslösen.«

»Was genau meinst du damit?« Helene ging zögernd ein paar Schritte näher an den Tisch, auf dem der Körper des Jungen lag. Nur sein Kopf war nicht abgedeckt, und das Bild war schwer zu ertragen.

»Es handelt sich um einen reflexartigen Herzstillstand«, erklärte Merkel, während er auf die Halsschlagader des Jungen zeigte. »Hier, wo sich die Halsschlagader teilt, befindet sich ein empfindlicher Punkt.«

Helene sah genauer hin. »Hier, wo man den Puls fühlt?«

»Ganz genau. Das ist der sogenannte Sinus carotis, ein druckempfindlicher Bereich des Vagusnervs. Drückt man an dieser Stelle, bekommt das Gehirn fälschlicherweise signalisiert, dass der Blutdruck zu hoch ist. In der Folge verlangsamt sich der Herzschlag – bis zum Stillstand. Genau das ist hier passiert.«

Helene wiederholte ungläubig: »Also doch ein Unfall?«

Merkel nickte, aber bejahte ihre Frage nicht

vollständig. »Ich denke, der Tod war nicht beabsichtigt.« Er zog das weiße Tuch vom restlichen Körper des Jungen und fuhr fort. »Aber mein Job ist es nicht, Vermutungen anzustellen. Die Beine des Jungen sind übersät mit Hämatomen, genauso wie sein Oberkörper. An den Armen sieht man deutliche Druckspuren, als hätte ihn jemand festgehalten. Nicht für einen kurzen Moment, wie eine Mutter, die ihr Kind davon abhält, auf die Straße zu laufen, sondern länger. Es sieht so aus, als hätte jemand ihn festgehalten, während andere zuschlugen.«

Helene versuchte, die aufsteigenden Gefühle zu kontrollieren, als sie das grausame Bild vor sich sah. »Er wurde also drangsaliert, bis er nicht mehr konnte,« schlussfolgerte sie mit rauer Stimme.

»Das wäre eine mögliche Interpretation, ja. Was ebenfalls auffällt: Es gibt keine Abwehrspuren. Keine Kratzspuren unter den Fingernägeln, keine blauen Flecken an den Händen. Der Junge hat sich nicht gewehrt. Und als man ihn fand, trug er keine Schuhe.«

Dieser Punkt überraschte Helene. Es fügte ein weiteres Puzzleteil hinzu, doch das Bild war noch nicht vollständig.

»Kannst du sagen, ob er nur festgehalten oder auch gefesselt wurde?«

»Nichts deutet auf Fesselungen hin«, antwortete Merkel. »Allerdings gab es eine Hodenquetschung, verursacht durch mehrere Tritte. Das war jedoch nicht die Todesursache.«

Helene fühlte sich plötzlich erschöpft. Sie drehte sich zur Tür und massierte ihre Wangen, um den Druck loszuwerden. Der Fall war schwer zu ertragen, und die Vorstellung, was der Junge vor seinem Tod durchgemacht haben musste, nagte an ihr. Doch sie wusste, dass sie diese Antworten an diesem Abend nicht finden würde. Sie sammelte sich und richtete ihre Aufmerksamkeit wieder auf den Gerichtsmediziner.

»Haben die Eltern des Jungen die Todesursache schon erfahren?«, fragte sie.

»Nein, noch nicht«, antwortete Merkel leise. »Das war vorher noch unklar. Aber es gibt noch etwas, das ich dir sagen muss.«

»Was noch?«

»Im Magen des Jungen haben wir keine Sandkörner gefunden, dafür aber kleine Mengen Alkohol. Er hatte sich vor seinem Tod übergeben. Das ist sicher. Wahrscheinlich wegen des Alkohols.«

***

Am nächsten Morgen lenkte Paul seinen Hochdach-Kombi auf den Parkplatz vom LKA. Er und Helene stiegen aus. Schon von Weitem erkannte Paul sie: die zahlreichen Pressevertreter vor dem Eingang. Kameras wurden in die Höhe gehalten, Mikrofone in ihre Gesichter gestreckt.

»Kein Kommentar?«, fragte Paul seine Freundin und Kollegin trocken.

»Kein Kommentar«, bestätigte die. »Aber schön zu sehen, dass auch in Berlin am Sonntag gearbeitet wird.«

Ohne weiter auf die Journalisten einzugehen, schoben sie die Mikrofone beiseite und bahnten sich ihren Weg durch die Menge ins Gebäude. Drinnen angekommen, zuckte Paul innerlich zusammen, als der Erste Kriminalhauptkommissar Udo Golombek Helene direkt abfing. Paul dachte an das gestrige Gespräch zurück, an den Moment, als Helene wortlos das Büro verließ und ungewöhnlich früh nach Hause fuhr. Es war untypisch für sie, Konflikten auszuweichen. Doch dieser Fall, der Tod eines Kindes, ging jedem unter die Haut. Selbst seine Freundin schien das nicht kaltzulassen.

Im Büro setzte Walter Paul die Kaffeemaschine in

Betrieb, dabei lauschte er dem leisen Wortwechsel durch die geschlossene Tür. Er zitterte leicht, nicht nur wegen des Kaffees. Er wollte Helene in dieser Situation nicht allein lassen, doch er konnte nichts tun.

Was wollte Golombek von ihr? Wurde sie etwa von dem Fall abgezogen? Er überlegte, wie er an ihrer Stelle reagieren würde. Es fühlte sich fast so an, als würde sein geliebter Fußballverein Tebe absteigen – ein herber Schlag, aber vielleicht am Ende eine Erlösung. Doch nicht für Helene. Sie wuchs an ihren Herausforderungen, während er ständig versuchte, nicht von der Last des Lebens erdrückt zu werden. Wie ein Junge, der Angst hatte, erwischt zu werden, versicherte er sich, dass niemand in der Nähe war. Dann legte er sein Ohr vorsichtig an die Tür und horchte.

»... Auch wenn mich Ihre Alleingänge manchmal in den Wahnsinn treiben«, hörte er Golombek sagen. »Es ist mir wichtig, dass Sie in der Soko vertreten sind. Ich brauche Ihre fachliche und menschliche Intelligenz. Ich brauche Ihre Ideen.«

Paul schluckte. Das klang nach dem üblichen Lob, das nur den Boden für eine unangenehme Nachricht bereiten sollte.

»Sie müssen jedoch wissen, dass inzwischen ein richterlicher Beschluss vorliegt. Herr Paul und Sie dürfen sich Familie Schmidhuber nur noch bis auf 200 Meter nähern. Die Mutter von Lorenz Schmidhuber hat als Richterin am Amtsgericht offenbar die nötigen Kontakte, um das durchzusetzen.«

»Und was jetzt?«, hörte Paul Helenes ruhige, aber angespannte Stimme.

»Die Soko hat heute Morgen beschlossen, dass Dietmar Schulz und Simone Otto ab sofort die Arbeit mit Familie Schmidhuber übernehmen werden.«

Paul grinste innerlich. Er stellte sich vor, wie die Mutter reagierte, wenn Schulz und die Otto vor ihrer Tür auftauchten. Ihr juristischer Schnellschuss würde sich sicher als Fehler erweisen.

»Und noch etwas«, fuhr Golombek fort. »Würden Sie heute Mittag noch einmal die Mutter des Opfers besuchen?« Helene willigte ein, Paul atmete erleichtert aus. Das hatten sie ohnehin geplant.

»Ich danke Ihnen«, sagte Golombek. »Und noch eine letzte Sache: In zehn Minuten erwarte ich Herrn Öztunali, einen Psychologen, der die Ermittlungen begleiten wird. Ich möchte ihn Ihnen gerne vorstellen.«

Magdalena Schünemann blickte in den Spiegel. Ihre Wangen waren eingefallen, ihre Haare standen wirr ab, und die tiefen Augenringe sahen aus wie Kohlezeichnungen. Hätte sie ihr Inneres ebenso im Spiegel sehen können, es hätte ihrem äußeren Erscheinungsbild geglichen. Doch wie sollte eine Mutter aussehen, die keine Mutter mehr war? Sie hatte ihren Sohn verloren. Und irgendwie auch ihren Mann, den sie in die Psychiatrie einweisen ließ. Das Klingeln an der Tür riss sie aus ihren Gedanken.

Warum sollte sie die Tür öffnen? Sie erwartete niemanden. Ihr Mann konnte es nicht sein. Mechanisch berührte sie die Spitzen ihrer Haare, als würden sie zu jemand anderem gehören, den sie lange nicht gesehen hatte. Wieder klingelte es, diesmal begleitet von einem lauten Rufen vor dem Haus.

»Frau Schünemann, sind Sie zu Hause?«

Nicht einmal diese Frage konnte sie wirklich beantworten. Körperlich war sie da, ja, aber im Geist war sie bei ihrem Lukas.

Wieder rief jemand, diesmal eine Frauenstimme. Sie klang vertraut. Und als die Frau sagte, sie sei von der Kripo, erinnerte Magdalena Schünemann sich. Sie schleppte sich die Treppe hinunter zur Tür. Vielleicht erfuhr sie jetzt mehr über den Tod ihres Sohnes. Aber wollte sie das überhaupt? Lukas war tot.

Tot.

Tot.

Tot.

Der Rest war egal. Sie öffnete die Tür.

»Guten Tag, Frau Schünemann. Bitte entschuldigen Sie unseren unangekündigten Besuch. Meinen Kollegen Walter Paul kennen Sie ja bereits.«

Paul nickte ihr leicht zu. Im Hintergrund stand ein weiterer Mann mit schlaksiger Gestalt, der zur Begrüßung die Hand hob. »Das ist Mohammed Öztunali, ein Psychologe. Er wird unseren Besuch begleiten. Wir haben gestern Abend die Todesursache Ihres Sohnes erfahren und möchten Ihnen diese mitteilen.«

Schweigend nickte Magdalena Schünemann und schlurfte langsam ins Wohnzimmer, wo sie kraftlos in einen Sessel sank. Die Kripo-Beamten und der Psychologe setzten sich auf das Sofa.

Die Kommissarin mit dem Pferdeschwanz legte ihre Hände behutsam auf den Tisch und begann zu sprechen. Ihr Duft war auffällig – eine Mischung aus Hoffnung und Pfirsich-Vanille.

»Frau Schünemann, wir werden alles tun, um die Täter zu finden, die Ihrem Sohn das Leben genommen haben. Dazu müssen wir Ihnen aber ein paar Fragen stellen.« Die Mutter blieb still. Sie war verwirrt. Wollten sie ihr nicht die Todesursache von Lukas mitteilen?

»Welche Beziehung hatte Lukas zu Lorenz Schmidhuber?«, fragte die Kriminalbeamtin schließlich.

Es dauerte einen Moment, bis sie antwortete. Zu überrascht war sie von den Fragen.

»Sie waren Freunde. Lukas war in der Nacht von Freitag auf Samstag bei Lorenz. Auf einer Übernachtungsparty.«

»Sie gingen in dieselbe Klasse, richtig?«, fragte Paul. Magdalena Schünemann nickte schwach, als die Kommissarin nach weiteren Freunden aus seiner Klasse fragte.

»Er hatte eine kleine Freundin ... Siri. Sie waren wohl seit ein paar Wochen zusammen. Das Mädchen war auch einmal hier. Sie ging in dieselbe Klasse wie Lukas.«

»Dürfen wir uns einmal in Lukas seinem Zimmer umsehen?«, fragte Helene sanft.

Wieder nickte die Mutter stumm. Dabei lächelte sie, was ihr sichtlich schwerfiel.

Das Jugendzimmer erinnerte Helene eher an

eine erwachsene Person als an einen Teenager. Bücherregale reihten sich links und rechts. Auf dem Schreibtisch lag eine CD von Antonio Vivaldi, daneben Johann Strauss. Auf dem Bett lag »Der Prozess« von Franz Kafka aufgeschlagen.

»Das Einzige, was hier an einen 14-Jährigen erinnert, sind die Taschentücher auf dem Boden«, murmelte Paul leise.

Helene hörte es und war sichtlich verärgert. »Solche Sprüche kenne ich sonst nur von Dietmar.«

»Entschuldige«, kam es leise zurück. »Ich wollte nur witzig sein. Das Ganze ist mental sehr anstrengend.«

»Das ist es für uns alle«, erwiderte Helene. »Deshalb möchte ich diesen Fall so schnell wie möglich abschließen.«

Paul durchsuchte das Zimmer weiter und meinte schließlich: »Ich kann mir denken, wonach du suchst.«

»Ich habe es schon gefunden«, sagte Helene, als sie ein Tablet in einer lilafarbenen Hülle zwischen einem Lexikon und Jules Vernes »Reise zum Mittelpunkt der Erde« hervorholte. »Typische Tagebücher gibt es heute ja nicht mehr. Vielleicht finden wir hier Hinweise.«

»Hoffentlich«, murmelte Paul zustimmend.

***

Lorenz Schmidhuber saß nervös auf dem Bett, während seine Freunde Siri Roux und Michelle Gagelmann auf dem Teppich saßen und auf ihren Smartphones tippten. Die ganze Situation machte ihn unruhig, und er konnte sich nicht vorstellen, dass sie einfach nur Nachrichten schrieben.

»Was macht ihr da?«, fragte er schroff. Sein Herzschlag beschleunigte sich, Wut und Unsicherheit stieg in ihm auf.

Michelle warf ihm einen kurzen Blick zu, lachte leise und wandte sich wieder ihrem Handy zu. Die Mädchen kicherten, als wäre nichts geschehen, als hätten sie nicht alle gemeinsam erlebt, wie dieser doofe Lukas auf dem Spielplatz einfach liegengeblieben war. Lorenz konnte das nicht begreifen. Die Angst, dass die Polizei ihn abholen würde, saß ihm im Nacken. Deswegen durfte er das Haus nicht mehr verlassen, immerhin durften seine Freunde ihn besuchen.

»Waren die Bullen auch schon bei euch zu Hause?«, fragte er schließlich in die Runde.

Marius Schmidt grinste. »Warum sollten die? Der Kanzler persönlich müsste uns danken, weil wir die Welt von dieser Schwuchtel befreit haben. Außerdem hat der es eh nicht anders verdient.

Der hat ständig Siri angebaggert und sich bei der Brinkmann eingeschleimt.«

Lorenz grinste nun ebenfalls, wenn auch eher aus Nervosität. Er bewunderte die Coolness von Marius, und doch spürte er Neid. Er selbst konnte das nicht so locker sehen, im Gegenteil. Er kämpfte darum, seine Nervosität zu verbergen. Doch vor seiner Mutter konnte er nicht so auftreten. Sie hielt Marius für ein verzogenes Gör, und das Letzte, was er wollte, war, sich mit ihr anzulegen.

»Wahrscheinlich war der auch in die Brinkmann verknallt. Es gibt doch solche Freaks, die auf Lehrerinnen stehen«, fügte Nico Mazur hinzu, der gerade mal zwölf war und dennoch in der Gruppe seinen Platz gefunden hatte. Lorenz beobachtete, wie Nico sich durch seine Haare fuhr. Marius pflichtete ihm bei.

»Das war doch nicht normal, dass der immer die Tasche von der Brinkmann tragen wollte. Oder ihre Teetasse, die sie immer mitgebracht hat. Das war doch krank. Und trotzdem muss niemand erfahren, was passiert ist. Wenn die Bullen mich fragen, weiß ich von nichts.«

Lorenz spürte, wie Luis Engelhardt ihn von der Seite anschaute. Sie beide wussten, dass das Geheimnis längst keines mehr war. In der letzten Nacht war Lorenz der Druck zu groß geworden.

Er hatte schweißgebadet aufgeschrien, dass er das alles nicht gewollt hatte, dass es ihm leidtue. Seine Mutter hatte ihn am Morgen so lange ausgefragt, bis er schließlich alles preisgab, was auf dem Spielplatz passiert war. Luis hatte das alles mitangehört und versprach, nicht zu quatschen.

»Ist doch irgendwie witzig. Solche Freaks sollte man eh abmurksen, dann wäre die Welt besser!«, sagte Nico, als würde er die Situation nicht ernst nehmen. »Sagt mein Vater auch immer. Wir können die Kloppis nicht alle mit durchfüttern. Die müssen weg. Wie früher.«

Michelle blickte auf und kicherte zustimmend. Lorenz wollte sich entspannen, doch dann klingelte es an der Haustür. Mehrmals, kurz hintereinander.

»Kriminalpolizei! Bitte öffnen Sie die Tür.«

Der Ton war anders als bei den letzten Besuchen. Dringlicher. Seine Mutter hatte damals einfach nicht geöffnet, und sie hatten sich im Keller versteckt. Doch diesmal war es ernst. »Kriminalpolizei! Wir wissen, dass Sie zu Hause sind. Öffnen Sie die Tür.«

Michelle blickte auf und rollte die Augen. »Was haben die denn für ein Problem?«, fragte sie und schob ihren Pony aus dem Gesicht.

Lorenz stand auf und schielte aus dem Fenster.

Unten standen wieder zwei Beamte, aber diesmal waren es andere als zuvor. Und diesmal ging seine Mutter direkt in die Offensive. »Es gibt einen richterlichen Beschluss, dass Sie sich meiner Familie nicht nähern dürfen!«, rief sie von drinnen.

»Ja, den gibt es, aber der gilt nur für meine Kollegen. Versuchen Sie mal, einen Beschluss zu bekommen, der besagt, dass sich kein Polizist der Welt Ihnen nähern darf. Wird schwierig. Jetzt öffnen Sie die Tür.«

»Verschwinden Sie!«, schrie seine Mutter zurück.

»In Ordnung«, hörte er die Polizistin sagen. »Dann brauchen wir eben einen Durchsuchungsbeschluss.«

Lorenz begann zu schwitzen. Luis trat jetzt neben ihn.

»Kommt weg vom Fenster, die können euch sehen«, flüsterte Nico angespannt. Doch Lorenz wusste, dass es zu spät war. »Die wissen längst, dass wir hier sind«, entgegnete er.

»Man, jetzt öffnen Sie doch endlich die Tür«, rief die Polizistin gereizt. »Wir sind hier nicht im Kindergarten.«

Trotz ihres lauten Tons bemerkte Lorenz, wie attraktiv sie war. Sie wirkte, als käme sie gerade aus einem Urlaub in der Toskana. Tiefschwarzes Haar und ein lässiges Auftreten. Dann sah er, wie die Polizisten ins Haus gelassen wurden. Er schluckte hart.

»Und jetzt?«, fragte Luis leise.

»Wir tun das, was meine Mutter gesagt hat«, flüsterte Lorenz zurück.

Die Anspannung in der Luft war förmlich greifbar.

***

Während Walter Paul und Klarissa im Kinderbecken ausgelassen den gelben Gummiball hin und her warfen, powerte Helene sich im Schwimmerbereich aus. Nach der sechsten 50-Meter-Bahn legte sie die Hände auf den Beckenrand, zog sich aus dem Wasser und strich ihre nassen braunen Haare zurück. Ihre Atmung ging noch schwer, während sie ihr Handtuch von der Heizung nahm und vorsichtig, immer in der Gefahr, auf den nassen Fliesen auszurutschen, zu Paul und Klarissa tapste.

Sie war froh, auf Paul gehört zu haben. Sie brauchten dringend eine Pause, und die ließ sich wunderbar mit dem Versprechen an Klarissa verbinden: ein Nachmittag im Schwimmbad.

Mit den Fahrrädern hatten sie das Velodrom angesteuert, doch nun war es an der Zeit, das nasse Vergnügen zu beenden. Die Pflicht rief.

Walter Paul entdeckte Helene vor dem Kinderbecken. Er unterbrach das Spiel mit seiner Ziehtochter, stapfte aus dem Wasser und griff nach seinem Handtuch, das er sich um seine Hüfte legte. »Du siehst ausgepowert, aber glücklich aus«, bemerkte er mit einem Lächeln. Doch Helene ging nicht auf seinen Kommentar ein. Stattdessen rief sie ihrer Tochter zu: »Klarissa, komm bitte aus dem Wasser. Wir sind schon fast zwei Stunden hier.«

»Nur noch eine Minute!« Klarissa tauchte ihren Kopf unter Wasser und genoss die letzten Augenblicke im Becken.

Walter Paul und Helene platzierten sich auf die Liegestühle. Der weiße Kunststoff knarzte unter ihnen.

»Das hat gutgetan.«

»Das sieht man dir an. Übrigens siehst du richtig scharf aus in deinem schwarzen Badeanzug.«

»Weißt du, was ich nicht verstehe? Die Mutter von Lukas Schünemann sagt, dass ihr Sohn mit einer Siri zusammen war. Sie sagt, dass Lorenz Schmidhuber sein Freund wäre.«

Paul sah genervt an die Decke.

»Alles okay? Du machst einen Gesichtsausdruck, als hättest du eine Million Euro im Lotto gewonnen und das Los dafür verloren. Ist irgendwas?«

Paul schüttelte den Kopf, schwieg aber weiter.

»Hallo, ich rede mit dir!«

Dann platzte es aus ihm heraus: »Es ist ein tolles Gefühl. Wirklich. Ich sage dir, dass du in deinem Badeanzug toll aussiehst und du denkst nur an die Arbeit.«

»Danke für das Kompliment. Ist lieb von dir. Aber weißt du, was ich mich frage? Wenn dieser Lorenz und der Lukas befreundet gewesen wären, wieso ließ uns die Mutter dann vor der Tür abblitzen? Und wie passt das mit den Tritten in den Genitalbereich zusammen?«

Paul sprang auf und marschierte zum Kinderbecken, in dem Klarissa Schwimmbewegungen übte.

»Wieso gehst du jetzt weg? Ich habe gerade mit dir geredet«, rief Helene.

Paul schielte in ihre Richtung und sah sie auf ihn zukommen. Sie bat Klarissa ein zweites Mal, aus dem Wasser zu steigen.

Am Ausgang des Schwimmbads lockte die Imbissbar mit dem verlockenden Duft von Pommes und Bratwurst. Während Helene für sich und Klarissa zwei Portionen bestellte, orderte Paul ein Bier. Während sie auf ihre Bestellung warteten, beobachtete Helene eine Gruppe von

Jugendlichen. Drei Mädchen und zwei Jungen, doch einer stach besonders hervor. Er trug ein kariertes Hemd, eine rote Hose, die nur bis zu den Knöcheln reichte, und eine Brille. Sein Gesicht war von Akne gezeichnet. Helene hörte, wie er sich bemühte, den anderen zu gefallen. Offenbar war er nur mit im Schwimmbad, weil er sie eingeladen hatte – auch zum anschließenden Essen.

Helene sah dem Jungen nach, wie er sich höflich an die Mutter am Nachbartisch wandte, um einen Stuhl zu erbitten. Als er sich zu seiner Gruppe setzte, rückte eines der Mädchen demonstrativ von ihm weg, das Gesicht vor Abscheu verzogen.

»Zweimal Pommes mit Bratwurst sind fertig«, rief der Mann hinter dem Tresen.

Helene stand auf und holte das Essen ab. Der Junge mit der Brille stellte sich hinter sie, um die Bestellung für seine Gruppe zu holen. Helene trat zur Seite. »Bitte, nimm du ruhig zuerst. Du hast mehr zu tragen als ich.«

Der Junge bedankte sich schüchtern und balancierte die Pommes zu seinem Tisch. Sie konnte nicht anders, als ihm nachzuschauen. Er erinnerte sie an ein kleines Boot, das sich mühsam durch einen Sturm kämpft, stets bemüht, nicht unterzugehen, obwohl die Wellen, in Form seiner sogenannten Freunde, unerbittlich gegen ihn schlagen.

»Wir haben noch ein Bier bestellt«, rief Helene dem Mann hinter dem Tresen zu.

»Hell oder dunkel?«

»Ein Helles.«

Zurück am Tisch beobachtete sie die Jugendlichen weiter aus den Augenwinkeln.

»Du siehst das Gleiche wie ich?«, fragte Paul.

»Ja«, antwortete Helene knapp.

»Was seht ihr denn?«, fragte Klarissa und schaute ebenfalls zu den Jugendlichen hinüber.

»Igitt, wie eklig.«

Helene fand es mehr traurig als eklig, aber Klarissa die Gründe zu erklären, schien nicht der richtige Moment. Stattdessen übernahm Walter Paul die Erklärung. »Manche Menschen haben es schwerer als andere. Sie stecken sich Pommes in die Nase und in die Ohren, nur damit die anderen über sie lachen.«

»Aber die lachen ihn doch aus. Warum macht der das dann?«

»Weil manche Menschen alles tun, um irgendwie gemocht zu werden.«

»Aber wenn mich jemand auslacht, mag der mich doch nicht.«

»Wenn dich aber niemand beachtet, bist du froh, überhaupt gesehen zu werden. Und dafür machen sich manche sogar zum Clown.«

Klarissa runzelte die Stirn. »Manche Leute sind komisch.«

Paul nickte ernst. »Der Umgang formt den Menschen.«

Helene stimmte zu und erwartete, dass Klarissa diese Weisheit nicht verstand doch sie wurde überrascht.

»Das heißt, man verhält sich so wie andere zu einem sind?«, fragte Klarissa.

Helene nutzte die Gelegenheit und spannte einen Bogen zu Klarissas Schulalltag.

»Weißt du, wenn deine Lehrerin dir jeden Tag sagt, dass du sowieso nicht schreiben und lesen kannst, dann wirst du irgendwann auch glauben, dass das stimmt.«

»Das wäre aber echt gemein.«

In diesem Moment verließen die Jugendlichen ihren Tisch. Einer von ihnen sagte, sie würden am Ausgang warten. Der Junge mit dem karierten Hemd, der die Pommes-Nase gewesen war, blieb als Einziger zurück und räumte den Tisch ab. Helene hätte darauf wetten können, dass keiner auf ihn warten würde.

Zehn Minuten später gingen auch sie, Paul und Klarissa.

»Mama, guck mal, da liegt der Junge, der sich

vorhin die Pommes in die Nase gesteckt hat.«

Helene und Paul blieben stehen. Vor ihnen lag, an eine graue Mauer gelehnt, ein Häufchen Elend, das leise wimmerte. Helene hatte sich geirrt, seine sogenannten Freunde hatten doch auf ihn gewartet. Aber nicht aus Freundschaft. Paul nahm Klarissa an die Hand und führte sie aus der Unterführung, während Helene bei dem Jungen blieb.

»Wie heißt du?«

»Jürgen«, murmelte der Junge leise, kaum hörbar.

Helene zog die Stirn kraus. Wie konnte jemand in diesem Alter Jürgen heißen? Wer gab seinem Kind so einen altmodischen Namen? Doch bevor sie anfing, über seine Eltern zu urteilen, wurde ihr klar: Kein Name, egal wie altmodisch, rechtfertigte, so behandelt zu werden.

»Was haben sie mit dir gemacht?«

»Egal.« Jürgen sprach, als wäre nicht nur sein Körper, sondern auch sein Stolz gebrochen.

»Hast du Schmerzen?«

»Nein, geht schon, danke.«

Der Junge versuchte sich aufzurichten, doch jede seiner Bewegungen wirkte wie Blei an seinem Körper. Mühsam kämpfte er gegen die Schwerkraft.

»Soll ich dich nach Hause fahren?«

»Nein, ich schaff das allein.«

»Sicher?«

Jürgen nickte schwach und machte sich auf den Weg.

»Dein Rucksack«, sagte Helene und reichte ihm die Tasche mit einem sorgenvollen Blick.

»Ups, den hätte ich fast vergessen.« Er griff nach der Tasche und trottete Richtung S-Bahnhof, ein schmaler Schatten, der sich in der zunehmenden Dunkelheit verlor.

Helene schaute ihm nach und ging dann in die entgegengesetzte Richtung. Sie hatte kaum die Treppen erreicht, als Knockin' on Heaven's Door aus ihrer Jackentasche erklang. Die Nummer war unterdrückt, doch sie nahm den Anruf an.

»Ja?«

»Hallo Frau Eberle, hier spricht Herr Öztunali. Ich habe die Notizen auf dem Tablet ausgewertet. Sehr interessant. Wirklich sehr interessant.«

»Was heißt das?«

»Ich würde die Ergebnisse gern morgen früh dem Team vorstellen.«

»Natürlich. Aber können Sie mir nicht vorab einen oder zwei Punkte nennen?«

»Ich sage mal so: Nichts ist so, wie es gesagt wird. Es ist eher so, wie es scheint.«

***

Am nächsten Morgen betrat Dietmar Schulz mit dem Charme eines miesgelaunten Grizzlybären den Versammlungsraum im LKA. In der Hand eine Tasse Kaffee. Er nahm seinen angestammten Platz im hinteren Bereich ein, als wäre er der König einer verqualmten Kaffeeküche.

Nach und nach trudelten auch die anderen Mitglieder der Soko Sandkasten ein, wie Schüler, die zur ersten Stunde kamen. Lediglich der schrille Ton der Schulklingel fehlte. Schulz stand auf und tat so, als würde er durch das Fenster die Stadt inspizieren. Es waren keine Journalisten in Sicht. Als er sich wieder umdrehte, stand Mohammed Öztunali vor ihm, was Schulz mit einem genervten Augenrollen quittierte.

»Ich dachte, hier sind nur Bullen erlaubt«, nuschelte er in seinen Kaffee hinein, der ihm plötzlich noch bitterer vorkam.

Öztunali entgegnete trocken: »Haben Sie ein Problem mit mir, weil ich einen Migrationshintergrund habe?«

Bevor Schulz zu einer Antwort ansetzen konnte, die garantiert nicht im Handbuch für interkulturelle Kommunikation stand, bat Udo Golombek darum, Platz zu nehmen. Mit dem Elan einer Schildkröte kam Schulz der Aufforderung seines Vorgesetzten nach. Aus den Augenwinkeln beobachtete er, wie der Psychologe den Platz neben ihm einnahm. Na toll, dachte Schulz, und rutschte demonstrativ ein paar Zentimeter nach rechts.

Simone Otto durfte diesmal die Sitzung eröffnen: »Also, die Familie Schmidhuber hat uns gestern fast nicht reingelassen. Erst als wir mit einem Durchsuchungsbefehl drohten, wurde die Tür aufgemacht. Das hättet ihr sehen sollen, wie das die Mutter überfordert hat.«

Schulz, der das als Bestätigung seiner Autorität nahm, schwang sich in bester Western-Manier in den Mittelpunkt. Es fehlte nur noch, dass er die Füße auf den Tisch packte. »Ja, genau. Und als wir dann endlich drinnen waren, behauptete die Mutter ernsthaft, ihr Sohn kenne Lukas Schünemann überhaupt nicht. Dabei wissen wir doch längst, dass die zwei in dieselbe Klasse gegangen sind. Also, mal ehrlich, was für eine schlechte Lüge ist das denn?«

Helene Eberle grinste und meinte zu Walter Paul: »Darauf hätten wir auch selbst kommen können, als wir bei denen vor der Tür standen.«

Jetzt war Schulz nicht mehr zu halten. Er richtete sich auf, zog seine Jeans nach oben und räusperte sich so laut, dass selbst Öztunali neben ihm kurz zusammenzuckte.

»Dann behauptete die Mutter doch glatt, Lukas und ihr Sohn hätten nichts miteinander zu tun, aber wir wissen, die haben mindestens einmal zusammen die Nacht verbracht. Und plötzlich gab die Mutter zu, dass sie doch irgendwie befreundet waren. Aber Simone und ich haben uns nicht verarschen lassen!«

Die Otto nickte zustimmend: »Und was richtig seltsam war: Immer nur die Mutter wollte sprechen, die Jungen kamen überhaupt nicht zu Wort.«

Helene, die gerade ein wenig gelangweilt aussah, fuhr plötzlich dazwischen: »Das Thema Freundschaft passt perfekt. Herr Öztunali, wollten Sie nicht noch was dazu sagen?«

Öztunali stieg sofort in seinen Vortrag ein.

»Ja, also, Lukas hat regelmäßig Tagebucheinträge auf seinem Tablet gemacht, die mich an meine eigene Schulzeit erinnerten. Nur hatten wir damals noch Bücher mit Schlössern, erinnern Sie sich?«

Schulz konnte nicht anders und äffte Öztunali stumm nach, was einen giftigen Blick von Golombek zur Folge hatte.

»Jedenfalls«, fuhr Öztunali unbeirrt fort, »ist klar

erkennbar, dass Lukas seit mehr als sechs Monaten systematisch gemobbt wurde. Erst harmlosere Sachen wie Auslachen, dann ging es weiter mit verschwundenen Federtaschen und bloßstellen in der Öffentlichkeit.«

»Moment mal«, unterbrach Schulz, ohne den Psychologen anzusehen. »Wenn das alles stimmen sollte, was du sagst, warum hat der sich dann keine Hilfe geholt?«

Öztunali war kurz perplex: »Ich glaube nicht, dass wir uns schon duzen, Herr Oberkommissar.«

Schulz, der nicht für seine feinfühlige Kommunikation bekannt war, blaffte zurück: »Ich duze, wen ich will.«

Helene hielt sich demonstrativ die Hand vor den Mund, um nicht loszulachen, was Schulz noch wütender machte. Er sprang auf, stapfte wie ein beleidigter Riese aus dem Raum und knallte die Tür hinter sich zu.

Mohammed Öztunali ließ sich davon nicht stören und setzte seinen Vortrag fort. »Wir müssen also von einem langanhaltenden Mobbing ausgehen. Aber die entscheidende Frage ist: Warum hat Lukas sich keine Hilfe geholt?« Öztunali blätterte durch die Notizen vor sich. »Seine ersten Einträge deuten darauf hin, dass er einmal seine Klassenlehrerin um Hilfe bat. Doch anstatt ihn zu unterstützen, spielte sie die Vorfälle herunter. Sie sagte ihm wohl, er solle sich mal nicht so anstellen. Er sei viel zu empfindlich. Ab diesem Moment ließ er alles über sich ergehen. Er dachte, das Problem läge bei ihm. Er wollte nicht mehr als sensibel gelten. Sogar seine Eltern hatten ihn einmal als ›sensiblen Jungen‹ bezeichnet. Deshalb sprach er nie mit ihnen über das, was geschah.«

Paul lehnte sich in seinem Stuhl nach vorne und fragte: »Was war mit den Mitschülern?«

»Das ist typisch für Mobbing«, antwortete Öztunali. »Jeder bekommt es mit, doch niemand greift ein. Manche machen sogar mit, aus Angst, das nächste Opfer werden zu können.«

Paul nickte nachdenklich. »Warum Lukas zur Übernachtungsparty eingeladen wurde, kann ich mir denken. Aber warum ist er hingegangen?«

Öztunali nickte anerkennend. »Wenn Sie mir erlauben fortzufahren, komme ich gleich zu dieser Frage zurück.« Er strich mit der Hand über die Papiere vor sich. »Lukas schrieb in seinen Einträgen, dass seine Mitschüler, wenn sie alleine waren, ihn freundlich behandelten. Aber in der Gruppe änderte sich das. Für Lukas war das wie eine Fata Morgana – ein Lichtschein am Horizont. Jedes Mal hoffte er: ›Ist jetzt endlich alles vorbei? Sind sie jetzt nett zu mir?‹ Diese Hoffnung starb viele kleine Tode. Aber sie kehrte auch jedes Mal zurück.« Öztunali machte eine kurze Pause. »Als er die Einladung zur Übernachtung erhielt, erwachte diese Hoffnung erneut. Er dachte, vielleicht sei dies der Wendepunkt. Er war der Klassenbeste und wurde nur dann gemocht, wenn die anderen von ihm abschreiben konnten. Eines Tages half er Siri bei den Hausaufgaben, und dann kam die Einladung. Doch dieses Mal lockte man ihn vermutlich in eine Falle. Laut seinen Aufzeichnungen freute er sich auf die Party und hoffte, dass alles gut werden würde. Es scheint auch, dass Lukas und Siri ein Paar waren. Das würde erklären, warum sie bei ihm zu Hause war.«

Helene runzelte die Stirn. »Das ergibt keinen Sinn. Wenn Siri und Lukas ein Paar waren, hätte sie dabei zugesehen, wie ihr Freund schikaniert und schließlich getötet wurde. Warum hat sie dann nicht versucht, das zu stoppen?«

Der Erste Kriminalhauptkommissar Udo Golombek schaltete sich ein: »Wie gehen wir weiter vor?«, fragte er und schob gleich hinterher, dass man Lorenz Schmidhuber nicht erreichen könne, wegen seiner Mutter.

Öztunali nickte und fuhr fort: »Laut den Auf-zeichnungen auf dem Tablet nahm Lukas nur an

der Übernachtung teil, weil Siri ebenfalls eingeladen war. Ohne sie wäre er nicht hingegangen.
Wir haben also einige Ansatzpunkte. Einer davon
ist das Mädchen.«

Helene dachte laut nach. »Das passt dann doch
wieder. Sie sagten, die Jugendlichen waren nur
in der Gruppe stark. Es ist also unwahrscheinlich, dass Lorenz Lukas alleine auf dem Spielplatz
angegriffen hätte.«

Der Psychologe bestätigte das. »Wenn Lukas
und Lorenz allein gewesen wären, wäre es nie zu
diesem Vorfall gekommen.«

Simone Otto meldete sich wieder zu Wort: »Eine
Übernachtungsparty besteht doch immer aus
mehr als zwei Leuten. Sonst ist es eher ein Date.«
Sie grinste breit. »Und die waren doch wohl nicht
schwul, oder?«

Helene schloss die Augen und presste ihre
Lippen zusammen. Auf diese Bemerkung wollte
sie nicht eingehen. Es wäre sinnlos gewesen. Stattdessen schlussfolgerte sie, dass vielleicht nicht die
Tat an sich, aber zumindest die Tyrannei gegenüber Lukas geplant war. Deshalb nahm nicht nur
Lorenz an der Übernachtung teil. Er brauchte
Leute, die ihn in seinem Handeln bestätigten, vor
denen er sich beweisen konnte.

Udo Golombek fasste schließlich zusammen:

»Wir müssen also nicht nur mit Lorenz sprechen, sondern auch die Namen möglicher Mitwisserinnen oder Mittäter herausfinden. Herr Öztunali, haben Sie in den Aufzeichnungen noch weitere Namen gefunden?«

»Ja, aber nur Vornamen. Lukas erwähnt natürlich Siri, dann eine Michelle, einen Marius und auch einen Nico. Letzterer scheint jedoch eine besondere Rolle zu spielen. Über ihn schrieb Lukas sehr abfällig, im Gegensatz zu den anderen, bei denen er immer noch hoffte, irgendwann von ihnen gemocht zu werden.«

Helenes Gedanken drifteten ab. Sie erinnerte sich an Jürgen, dem Jungen aus dem Schwimmbad, der ebenfalls verzweifelt nach Anerkennung suchte, alles dafür tat, gemocht zu werden. Wie naiv diese Hoffnung war – und wie zerstörerisch. Auch bei Lukas? Immerhin soll er eine Freundin gehabt haben. Wenn das stimmte, war das wirklich ein Schutzschild gegen das Mobbing?

»Ich rufe noch einmal Lukas seine Mutter an«, schlug Helene vor. »Vielleicht weiß sie mehr.«

Der Erste Kriminalhauptkommissar nickte und fügte mahnend hinzu: »Und bedenken Sie, dass die Medien längst Wind von dem Fall bekommen haben. Es wird nicht lange dauern, bis wir mitten im Sturm stehen. Bis zur Pressekonferenz am

Mittwoch sollten wir vorangekommen sein.«

Nach der Sitzung griff Helene sofort zum Telefon. Magdalena Schünemann konnte zwar einige der Vornamen bestätigen, kannte aber auch keine Familiennamen. Doch dann, kaum zehn Minuten später, klingelte Helenes Handy erneut. Dieses Mal klang die Mutter aufgewühlt.

»Frau Eberle«, stammelte sie, »ich ... ich weiß nicht, wie ich es sagen soll. Ich bin fassungslos.«

»Was ist passiert?«

»Ich habe ... ich habe etwas in Lukas seinem Zimmer gefunden ...«

***

Nancy Roux stammte zwar aus Frankreich, doch von der französischen Küche hielt sie nicht viel. Jetzt stand sie in ihrer kleinen Küche und rührte in einem Topf, in dem der Spinat blubbernd vor sich hin kochte. Nebenan summte der Schnellkochtopf mit den Kartoffeln, die darauf warteten, vom Wasser befreit zu werden. Mit einem geübten Griff drehte sie die Flamme unter dem Spinat herunter und ging in die Hocke, um eine Pfanne aus dem unteren Küchenschrank zu ziehen. Sie wollte Spiegeleier braten – ein einfaches Mittagessen, aber perfekt für den heutigen Tag.

Als sie die Eier aus dem Kühlschrank holte, unterbrach ein Klingeln die Ruhe. Nancy Roux zuckte zusammen, und die Eierpackung glitt ihr vor Schreck aus den Händen. Der Karton landete auf dem Boden, und aus einer Ecke tropfte eine durchsichtige Flüssigkeit auf das Laminat. Seufzend hob sie die Packung auf und trug sie vorsichtig zum Mülleimer, bevor sie zur Tür ging.

Um diese Zeit erwartete sie niemanden. Ihre Tochter Siri hatte erst in zwei Stunden Schulschluss, und ihr Mann war auf Geschäftsreise, außerdem hatten beide einen Schlüssel. Sie spähte durch den Türspion und sah einen Mann und eine Frau. Zögernd öffnete sie die Tür.

»Guten Tag, Frau Roux. Entschuldigen Sie die Störung. Mein Name ist Helene Eberle, das ist mein Kollege Walter Paul. Wir sind von der Kriminalpolizei und hätten ein paar Fragen an Sie bezüglich des Todes von Lukas Schünemann.«

»Oh mon dieu, comme c'est terrible«, entgegnete die Mutter erschrocken. »Ich weiß nicht, ob ich Ihnen helfen kann, aber kommen Sie doch bitte herein.«

Die beiden Polizisten traten in den schmalen Flur.

»Wir können uns im Wohnzimmer unterhalten«, fügte sie hinzu und lief eilig zurück in die Küche, um den Herd auszuschalten. Der Spinat wäre beinahe angebrannt.

Im Wohnzimmer angekommen, entschuldigte sie sich, während sie ihre Schürze abstreifte. »Ich empfange selten Besuch, wenn ich koche und so aussehe.« Sie fuhr sich verlegen durch ihre langen, schwarzen Locken, die locker über ihre Schultern fielen. »Darf ich Ihnen etwas zu trinken anbieten?«

Helene und Walter Paul lehnten höflich ab, und Nancy Roux setzte sich mit einem kleinen Lächeln zu ihnen. Sie spürte die Anspannung in der Luft. »Ich möchte helfen, aber ich weiß nicht, wie.«

Walter Paul begann mit seiner ersten Frage: »Wo war Ihre Tochter in der Nacht von Freitag auf Samstag?«

Die Mutter seufzte leicht. »Siri war auf der Übernachtungsparty bei ihrem Freund. Ich weiß, bei den jungen Leuten fängt das alles früh an, und ich habe nichts gegen das bisschen Flirten. Mein Gott, sie sind doch noch Kinder. Aber warum fragen Sie? Glauben Sie, Siri hat etwas mit dem Tod von Lukas zu tun?«

Helene Eberle legte die Stirn in Falten.

»Das wissen wir noch nicht. Sie sagten, Ihre Tochter war bei ihrem Freund. Ist sie die Freundin von Lorenz?«

71

»Ja, die beiden sind seit vier Monaten zusammen – un couple amoureux. Zumindest seit vier Monaten weiß ich es. Ich hätte nicht gedacht, dass es so lange hält, aber ich habe Siri immer recht frei erzogen. Für meinen Mann ist das auch in Ordnung.«

»Welche Beziehung hatte Ihre Tochter zu Lukas Schünemann?«, fragte Helene Eberle weiter.

Nancy Roux zögerte. »Soll ich ehrlich sein?« Sie rang kurz mit ihrem französischen Akzent.

Paul schrieb stumm mit, was Nancy Roux dazu brachte, sich wieder auf die Frau zu konzentrieren.

»Siri hat ihn détesté. Gehasst, meine ich. Aber sie hätte ihm niemals etwas angetan. Niemals!« Die Frau mit dem französischen Akzent strich nervös durch ihr Haar, als könnte sie so den inneren Druck lindern. »Sie müssen mir glauben. Meine Tochter würde niemandem etwas zuleide tun.«

Die Polizisten tauschten einen Blick, den Nancy Roux nicht einordnen konnte, was ihre Unsicherheit weiter schürte. Dann sprach Helene Eberle weiter: »Frau Roux, niemand ist im Moment verdächtig, auch Ihre Tochter nicht. Aber wir müssen den oder die Täter finden. Deshalb ist es wichtig, dass Sie weiterhin ehrlich zu uns sind.«

»Naturellement!«

»Warum hasste Ihre Tochter Lukas?«

Nancy Roux lehnte sich zurück und faltete die Hände in ihrem Schoß.

»Siri war mit Lorenz zusammen, und Lukas wusste das. Trotzdem schickte er ihr immer wieder Nachrichten. Als sie ihn blockierte, fing er an, ihr SMS zu schreiben. Dann lagen plötzlich Zettel im Briefkasten. Am Anfang fand ich das noch amüsant, aber irgendwann wurde es einfach nur noch ... stressant.«

»Wussten Sie, dass Lukas ebenfalls auf der Übernachtungsparty sein sollte?«

Die Frau mit den schwarzen Locken hielt inne, bevor sie leise »Oui« sagte. »Ja, ich wusste es. Und ich wunderte mich, dass Siri kein Problem damit hatte. Oh weh, das konnte doch nur böse enden.«

Sie erhob sich plötzlich und lief ins Bad, um eine Packung Taschentücher zu holen. Als sie zurückkam, waren ihre Augen gerötet.

»Was hat meine Siri mit dem Tod von Lukas zu tun?«, fragte sie mit erstickter Stimme, als sie sich wieder setzte.

»Das wissen wir noch nicht«, sagte Helene Eberle offen. Walter Paul schaltete sich wieder ein:

»Und Sie sind sich sicher, dass Siri niemals mit Lukas zusammen war?«

»Non, niémas. Wenn Sie Siri nur einmal über

diesen Jungen hätten sprechen hören ...« Sie stockte, als die Polizistin sie unterbrach.

»Aber Siri war mindestens einmal bei Lukas zu Hause.«

»Non, non, non. Das kann ich nicht glauben. Warum sollte sie?« Helene antwortete, dass genau das eine der Fragen sei, die noch offen seien. »Siri hätte Lukas niemals besucht. Das ist impossible.«

»Auch nicht für Nachhilfe?«, bohrte die Polizistin nach.

»Non, non, non!«

Nach fast einer Stunde verabschiedeten sich die Beamten. Sie baten Nancy Roux, für weitere Rückfragen erreichbar zu bleiben. Sehr wahrscheinlich würden sie wiederkommen – wenn Siri zu Hause war.

***

Magdalena Schünemann öffnete die Haustür, noch bevor es läutete. Ihr Anblick traf Helene wie ein Schlag ins Gesicht. Die Frau sah noch schlimmer aus als beim letzten Mal. Fast so, als sei sie in der kurzen Zeit um Jahre gealtert. Ihr Gesicht war eingefallen, die Haut fahl und wächsern, wie bei einer Puppe, die man zu lange in der

Sonne hat liegen lassen. Ihre Haltung war gebeugt, zerbrechlich, als trüge sie das ganze Gewicht der Welt auf ihren schmalen Schultern. Es fehlte nur noch die Gehhilfe, und sie hätte tatsächlich wie eine uralte Frau ausgesehen.

»Die Frau läuft nur noch auf Reserve«, flüsterte Walter Paul, sein Blick voller Mitleid.

»Und auch die letzte Reserve geht irgendwann zur Neige«, antwortete Helene leise, ihre Stimme schwer von Sorge.

»Möchten Sie etwas trinken?«, fragte Magdalena Schünemann, ihre Stimme kaum mehr als ein Hauch. Es klang, als würde sie ihre letzten Kräfte sammeln, um überhaupt sprechen zu können.

»Nein, danke«, sagte Helene sanft. Sie alle setzten sich an den runden Wohnzimmertisch, auf dem eine vergessene Tasse mit einem ausgetrockneten Teebeutel stand.

»Sie sagten mir am Telefon, dass Sie etwas im Kinderzimmer Ihres Sohnes gefunden haben. Was war das?«

Magdalena Schünemann schien plötzlich wie versteinert. Ihre Augen, leer und voller Schmerz, starrten ins Nichts.

»Frau Schünemann, können Sie mich hören?« Helene wartete. Vergebens. Sie stand auf, ging langsam um den Tisch herum und legte behutsam eine Hand auf die Schulter der Frau. In diesem Moment brach alles aus ihr heraus. Ein Schrei, der so tief aus ihrer Seele kam, dass er die Wände des Raumes erzittern ließ. Helene setzte sich sofort neben sie, zog einen Stuhl heran und nahm sie in den Arm. Die Mutter bebte vor Kummer, ihre Tränen flossen unaufhaltsam.

»Sie kann uns nicht mehr antworten«, stellte Paul mit leiser Stimme fest, doch seine Worte hatten das Gewicht einer unumstößlichen Wahrheit.

Helene wollte warten, hoffte noch auf eine Wende, doch nach fünf Minuten, in denen Magdalena Schünemann immer noch weinend in ihren Armen lag, musste sie sich eingestehen, dass Paul recht hatte.

»Es ist besser, wenn Sie sich in ärztliche Betreuung begeben«, sagte Helene sanft, während sie die Frau vorsichtig von sich weglenkte. »Wir rufen einen Rettungswagen. Die werden Ihnen helfen, und die wissen, was am besten für Sie ist.« Magdalena Schünemann nickte kaum merklich, als ob jede Bewegung ein Kraftakt wäre.

Wenige Minuten später standen zwei Sanitäter und eine Ärztin vor der Tür. Paul erklärte ihnen die Situation. Mit ruhigen, geduldigen Stimmen sprachen sie auf die Mutter ein, nahmen ihren

Puls und halfen ihr schließlich, in den Krankenwagen zu steigen.

»Ich habe der Sanitäterin meine Handynummer
gegeben. Sie melden sich, sobald sie wissen, wohin
sie gebracht wird«, sagte Paul leise. Helene reagierte nicht sofort. Ihre Gedanken waren noch bei
der gebrochenen Frau, die sie gerade gehen sah.
Sie blickte zurück und Helene näherte sich noch
einmal mit kleinen Schritten.

»Das, was ich im Zimmer meines Sohnes
gefunden habe, liegt in der Besteckschublade
neben dem Küchenfenster. Den Hausschlüssel
können Sie im Schuppen ablegen«, flüsterte Magdalena Schünemann, kurz bevor die Sanitäterin die
Tür schloss und der Wagen langsam davonfuhr.

**

Helene Eberle fühlte sich matt. Sie schlug Paul
vor, eine Pause einzulegen. Ohne zu zögern,
stimmte er zu.

In der Drakestraße fanden sie einem Dönerladen.
Der Geruch von knusprigem Fleisch und
Frittenfett hing schwer in der Luft. Paul bestellte
eine Currywurst mit Pommes, während Helene
sich einen üppigen Dönerteller gönnte. Die
beiden warteten, während ein Junge den Imbiss

betrat. Seine dunkelblonden Locken lugten frech unter einem Basecap hervor. Doch als er das Cap abnahm, bemerkte Helene die abrasierten Seiten. Der Junge wirkte zierlich, aber dennoch streckte er sich auf mindestens 1,70 Meter. Seine Haut war von Akne gezeichnet – als ob Fast Food für ihn täglich Brot wäre. Ein schüchterner Bartflaum über seiner Oberlippe kündigte die Metamorphose zum Mann an, aber noch schien er irgendwo dazwischen festzustecken.

Mit einer fast unscheinbaren Geste stellte er seinen Schulrucksack neben die Bestelltheke.

»Lorenz, mein Junge, wie immer?«, rief der Verkäufer hinter dem Tresen freundlich. Helenes Blick wanderte zu Paul. Ein stilles Einvernehmen flakkerte zwischen ihnen auf. Paul nickte kaum merklich und flüsterte: »Wir dürfen ihn nicht ansprechen. Aber was, wenn er zu uns kommt?«

Leise zogen sie sich in den hinteren Raum zurück, wo sie den Jungen im Auge behalten konnten.

»Meinst du, das ist unser Lorenz?«, fragte Helene.

»Könnte hinkommen«, murmelte Paul und linste wieder in den Verkaufsraum. Der Junge spielte auf seinem Smartphone herum. Ein Rufen aus der Küche verkündete, dass die Currywurst und der

Dönerteller fertig seien. Helene trat vor, legte einen Zwanzig-Euro-Schein auf den Tresen und nahm das Tablett entgegen. Dabei ließ sie den Jungen nicht aus den Augen. Als er ihren Blick bemerkte, erstarrte er. Seine Augen weiteten sich, als hätte ihn jemand direkt ins Herz gestochen. Sein panischer Blick schoss nach links und rechts, bevor er wie ein verängstigtes Reh aus dem Imbiss flüchtete. Helenes Verdacht bestätigte sich in diesem Moment: Es war Lorenz Schmidhuber. Warum sonst sollte er wegrennen? Sie trug das Tablett zu ihrem Tisch.

»Aber er hat uns doch noch nie gesehen«, sagte Paul, während er ein paar Pommes in seinen Mund schob.

»Vielleicht hat er uns damals durch das Fenster gesehen, als wir bei seiner Familie geklingelt haben. Irgendwie wird er uns erkannt haben«, überlegte Helene. Sie ging zurück und schnappte sich den Rucksack des Jungen. Gerade als sie ihn zu ihrem Tisch tragen wollte, erhob der Verkäufer, ein Mann mit buschigem Schnauzbart und einem blitzenden Fleischermesser in der Hand, Einwände.

»Das ist Lorenz Rucksack. Sie können den nicht mitnehmen. Er hat vergessen.«

Helene zog mit einer schnellen Bewegung ihren

Dienstausweis hervor und verkündete mit kühler Autorität: »Der Rucksack ist beschlagnahmt.«

Der Mann riss erstaunt die Augen auf und hob die Hände in die Höhe, als würde er sich ergeben. Das Fleischermesser in seiner Hand berührte klirrend die Fliesen hinter ihm.

Mit dem Rucksack, dem Dönerteller und der Currywurst fuhren Helene und Paul im Kangoo zurück zur Adresse von Familie Roux. Vor dem Haus warteten sie, während sie ihr Essen genossen. Die Sonne neigte sich langsam, tauchte die Straße in sanftes Nachmittagslicht.

»Schau mal, das könnte sie sein«, schmatzte Paul und wies mit einer fettigen Pommes auf die Haustür, vor der eine junge Frau mit schulterlangen, brünetten Haaren stand.

»Aber sie hat keine Schultasche dabei«, bemerkte Helene und runzelte die Stirn.

»Du denkst zu oldschool. In dem Alter tragen die keine Rucksäcke mehr, sondern diese riesigen Designer-Handtaschen.«

Helene kurbelte das Fenster herunter und hörte, wie das Mädchen in die Gegensprechanlage sprach: »Salut, Maman. Ich habe meinen Schlüssel vergessen.«

Helene wollte schon aufspringen, doch Paul hielt sie zurück.

»Lass sie erst reingehen«, sagte er ruhig und deutete auf die drei verbliebenen Currywurststücke in seiner Pappschale.

Zehn Minuten später konnte Helene es nicht mehr aushalten. Ihre ohnehin geringe Geduld war erschöpft.

»Können wir jetzt endlich?«, fragte sie ungeduldig.

Kurz darauf erfuhren sie von Siri Dinge, die nur zu einem Schluss führten: Noch am selben Abend musste die gesamte Soko Sandkasten zusammenkommen.

***

Im Landeskriminalamt für Delikte am Menschen herrschte gespannte Erwartung, als Helene und Walter Paul den Versammlungsraum betraten. Die Mitglieder der Soko Sandkasten, darunter Oberstaatsanwalt Horst Klöckner, warteten auf ihre Berichte. Udo Golombek, der Erste Kriminalhauptkommissar, winkte Helene nach vorne. Walter Paul setzte sich derweil neben den Oberstaatsanwalt, der wie gewohnt einen Pullunder trug.

»Liebe Kollegen, es ist kurz vor 21 Uhr. Draußen ist es bereits dunkel, und Sie alle sind müde. Trotzdem sitzen Sie hier, und dafür danke ich

Ihnen«, begann Golombek. Seine Stimme war ruhig, aber eindringlich. »Der Fall geht uns allen nahe, deshalb müssen wir jetzt möglichst schnell vorankommen. Außerdem möchte ich erwähnen, dass Ihnen Herr Öztunali als Psychologe, jederzeit für Gespräche zur Verfügung steht.«

Mohammed Öztunali nickte mit freundlichem Blick und fügte hinzu: »Niemand sollte Scham empfinden, zu mir zu kommen. Dieser Fall belastet schließlich alle.«

»Mich nicht«, stellte Dietmar Schulz klar.

Golombek übergab Helene das Wort.

»Danke. Walter und ich haben in den letzten Tagen viele Gespräche geführt. Einige von euch haben sicherlich schon Informationen bekommen, aber ich möchte alle auf denselben Stand bringen. Es ist nun sicher: Lukas Schünemann war weder mit Lorenz Schmidhuber befreundet, noch war er mit Siri Roux zusammen. Siri war stattdessen mit Lorenz ein Paar.«

Helene hielt inne, um die Reaktion der Anwesenden zu fangen.

»Beginnen wir von vorn: Lukas wurde monatelang von Mitschülern gemobbt. Die treibende Kraft dahinter war Nico Mazur. Er hat Lügen über Lukas verbreitet, um sich auf dessen Kosten zu profilieren. Siri Roux, die Freundin von Lorenz, und deren beste Freundin Michelle Gagelmann schlossen sich dem Mobbing an. Auch Luis Engelhardt, der beste Freund von Lorenz, war beteiligt.«

»Weiß man jetzt, wie genau dieses Mobbing abgelaufen sein soll?«, fragte Simone Otto. Selbst sie wirkte jetzt betroffen.

Helene fuhr fort: »Es begann mit Lügen bezüglich der Sexualität von Lukas. Man behauptete, er sei homosexuell, und gleichzeitig erzählte man, er sei in Siri verliebt. Diese Gerüchte nutzte Nico, um die Gruppe gegen Lukas aufzuhetzen. Zuerst waren es kleine Aktionen, dann steigerten sich die Übergriffe.«

Mohammed Öztunali unterbrach: »Mobbing basiert meist auf Angst und Unsicherheiten. Die Täter sehen sich oftmals selbst als Opfer.«

»Kannst du mal mit dem Psycho-Geschwafel aufhören?«, forderte Dietmar Schulz aus der letzten Reihe »Wir sind hier, um den Täter zu finden. Was in deren kranken Gehirnen abgeht, geht mir am Arsch vorbei!«

Golombek warf Schulz einen warnenden Blick zu und bat Helene, weiterzumachen.

»Zu Beginn versuchte Lukas, sich Hilfe zu holen. Er sprach mit seiner Klassenlehrerin, aber sie tat es als Bagatelle ab. Daraufhin eskalierte das

Mobbing. Lukas war völlig isoliert. In den Winterferien besuchte Siri Roux Lukas. Was erstmal nach einem freundschaftlichen Besuch aussah, war in Wahrheit ein Vorwand, Drogen in sein Zimmer zu schmuggeln. Damit wollte man ihn diskreditieren. Nico plante sogar, Lukas deswegen anzuzeigen, doch die Sache verlief im Sand.«

Dietmar Schulz schüttelte den Kopf. »Das klingt alles völlig bekloppt. Ich kann mir nicht vorstellen, dass diese Siri das so erzählt haben soll.«

»Natürlich nicht«, entgegnete Helene. »Sie sprach zuerst davon, dass Lukas sie angeblich belästigt hätte, weil er in sie verknallt wäre. Dann behauptete sie, er sei homosexuell. Ihre Aussagen waren widersprüchlich. Aber eindeutig war der nächste Schritt: ein geplanter körperlicher Übergriff. Sie haben Lukas auf die Übernachtungsparty eingeladen. Siri schrieb ihm einen Brief mit roten Herzen, weckte in ihm damit neue Hoffnung. Lukas folgte dieser Einladung – und das wurde ihm zum Verhängnis.«

Dietmar Schulz ließ wieder einen zynischen Kommentar fallen, doch diesmal überging Helene ihn. Sie schloss für einen Moment die Augen, atmete tief ein und fuhr dann fort. »Laut Bericht der Gerichtsmedizin wies die Leiche von Lukas schwere Hämatome und eine Hodenquetschung auf. Wir gehen von einer vorsätzlichen Körperverletzung mit Todesfolge aus. Luis Engelhardt soll ihn im Schwitzkasten gehalten haben, wobei der Druck auf den Vagusnerv so stark war, dass Lukas' Herz zum Stillstand kam.«

Die Anspannung im Raum war spürbar. Udo Golombek unterbrach die Stille: »Was genau unternehmen wir jetzt? Die Presse sitzt uns im Nacken.«

Walter Paul meldete sich zu Wort: »Ich schlage vor, wir durchsuchen morgen früh das Haus von Familie Schmidhuber. Es gibt Hinweise auf Drogen, und wir könnten belastendes Material finden.«

»So schnell bekommen wir keinen Durchsuchungsbeschluss«, warf Golombek ein, doch Oberstaatsanwalt Klöckner kannte Mittel und Wege.

»Lassen Sie das meine Sorge sein. Ich werde sehen, was ich tun kann.«

Während die Besprechung in ihren letzten Zügen war, platzte Janett Brühl, die Pressesprecherin, mit einem Tablet in den Raum. Golombek warf einen Blick auf den Bildschirm, und seine Miene verdüsterte sich.

»Die Schmidhubers und Engelhardts haben sich zusammengeschlossen und die Presse auf uns gehetzt«, sagte er knapp. »Ich bitte Sie, morgen um 4:30 Uhr bereit zu sein. Wir durchsuchen die Häuser und setzen Spürhunde ein. Das wird uns weiterbringen.«

Die Versammlung endete, doch Helene blieb noch einen Moment nachdenklich sitzen.

***

Walter Paul beobachtete, wie Helene Eberle das Telefon von ihrem Ohr weghielt, nachdem sie ihre Tochter gefragt hatte, ob sie noch eine Nacht bei ihrer Oma schlafen möchte. Die Antwort war ein unüberhörbarer Jubelschrei.

»Ich gebe Pizza aus!«, posaunte Dietmar Schulz in den Raum. »Salami? Hawaii? Wer will was?«

»Salami«, flüsterte Paul.

Helene hob ihren Daumen, und Paul zeigte zwei Finger in Richtung Dietmar Schulz. Während er zusah, wie sein Kollege etwas in sein Handy eintippte, verkündete dieser: »Wird noch ne halbe Stunde dauern.«

Paul bedankte sich, das restliche Kollegium tat es ihm gleich. Paul wunderte sich jedoch: Erst nörgelte Schulz andauernd herum und beschwerte sich, doch jetzt, als er zurückkam, wollte er plötzlich Pizza spendieren ...

»Wie kommt es, dass du für die gesamte Soko Pizza bestellst? Hast du im Lotto gewonnen?«

»Immerhin vier Richtige«, grinste Schulz.

Walter Paul beglückwünschte seinen Kollegen mit einem schiefen Lächeln und widmete sich wieder den Zeitungsberichten der Boulevardpresse. Es war eindeutig herauszulesen, dass die Eltern von Lorenz Schmidhuber sich mit denen von Nico Mazur, Marius Schmidt und Michelle Gagelmann verbündet hatten. Auf den zweiten Blick war das jedoch nur die halbe Wahrheit.

»Das ist doch unfassbar. Die stellen tatsächlich diesen Nico, die Michelle und den Lorenz als Opfer dar. Die haben einen ihrer Mitschüler auf dem Gewissen!«

»Beim Mobbing geht es nicht um Opfer und Täter«, stellte Mohammed Öztunali klar, der in einer Ecke des Büros saß und in seiner Teetasse rührte, als wäre er der Dalai Lama. Paul zog eine Augenbraue hoch.

»Ah, okay. Und wie nennt man es dann, wenn Menschen ermordet werden? Opfergabe, oder was? Wir machen doch keine Schamanenrituale hier.«

»Ich finde Ihre Art recht provokant Herr Paul«, sprach Öztunali, während er gelassen einen Schluck Tee nahm, als wäre er gerade in einem

Meditationsretreat und nicht im Zentrum einer Mordermittlung.

Paul schüttelte nur den Kopf. Simone Otto fragte, woher die Medien die Informationen bekamen, die die Pressestelle der Polizei noch nicht herausgegeben hatte.

»Ist doch immer so«, brummte Schulz. »Die erfahren irgendwoher irgendwas und den Rest erfinden die. Vielleicht haben die einen magischen Hut, aus dem sie News zaubern.«

»Außerdem wird unsere Freundin Frau Schmidhuber aus ihren Informationen keine Geheimnisse machen«, ergänzte Paul.

»Aber die Presse schreibt über Dinge, die kann die Schmidhuber gar nicht wissen.«

»Meinst du, hier gibt es ein Leck im Schiff?«, fragte Schulz und schielte zu Mohammed Öztunali, der gelassen durch das Fenster den Mond betrachtete.

Walter Paul schob das letzte Stück seiner Pizza in den Mund, als Udo Golombek die Bürotür öffnete. Oberstaatsanwalt Horst Klöckner folgte ihm wie ein schlecht gelaunter Kampfrichter bei einem Eiskunstlauf-Wettbewerb. Paul erkannte an der Mimik seines Vorgesetzten, dass er keine guten Nachrichten mitbrachte. Horst Klöckner dagegen wirkte regelrecht kämpferisch, als hätte er sich vorgenommen, den Mond anzuklagen, weil er zu hell war.

»Es tut mir leid. Die Durchsuchungen müssen abgesagt werden. Wir haben keine Einverständnisse erhalten. Ich möchte mich bei Ihnen für Ihre Zeit bedanken, die Sie hier heute Abend geopfert haben.«

»Ganz so negativ ist es aber nicht«, warf Klöckner ein. »Immerhin haben wir das Einverständnis, uns ab morgen in die WhatsApp-Chats der Jugendlichen einzuklinken. Ich denke, dass wir alle wichtigen Informationen aus deren Kommunikation erhalten werden. Wir haben einen Strohhalm, nach dem wir greifen können. Dieser Strohhalm ist unsere Chance.«

Vielleicht lag es an der Uhrzeit, aber Pauls Motivation war im Keller – oder noch tiefer.

»Ganz so positiv ist es dann aber doch nicht. Die Medien schreiben jetzt schon Unsinn, und am Mittwoch ist die Pressekonferenz. Es ist unwahrscheinlich, dass bis dahin der oder die Täter in den Chats genannt werden. Und selbst wenn, wir reden hier höchstwahrscheinlich von minderjährigen Tätern, an die wir nicht so einfach herankommen werden. Die Pressefuzzis werden die Hütte brennen lassen. Und ich will hier nicht den Feuerwehrmann spielen.«

»Wie kommen Sie denn darauf, Herr Paul?«, fragte der Staatsanwalt entrüstet.

»Die verbreiten jetzt schon Lügen. Und die werden wir am Mittwoch nicht widerlegen können.«

Udo Golombek bat, jetzt nicht die Nerven zu verlieren. »Es hilft doch niemandem, wenn wir uns jetzt streiten. Wir müssen Geduld haben, wie so oft. Vielleicht ist es besser, wenn Sie nach Hause gehen und sich ausruhen.«

»Lohnt sich nicht. Eine Stunde nach Hause, kurz pennen und dann wieder ne Stunde herfahren«, widersprach Dietmar Schulz.

»Ich schlafe zu Hause lieber vier Stunden als im Büro sechs. Weil ich zu Hause besser schlafe«, konterte Golombek.

Schulz gab sich geschlagen, trank seinen Kaffee aus und packte seine Tasche. Paul schaute zu Helene. Er sah ihr an, dass sie nicht nach Hause wollte.

Sie drehte ihren Kopf zu ihm: »Vergiss es. Ich habe sogar Klarissa bei meiner Mutter einquartiert, um das hier endlich abzuschließen. Ich gehe jetzt nicht nach Hause.«

Paul nickte.

Simone Otto verabschiedete sich mit einem spöttisch aufgeblasenen: »Bis gleich.«

Udo Golombek und der Oberstaatsanwalt standen jetzt im Raum, als hätte sie jemand bestellt, aber vergessen abzuholen. Mohammed Öztunali saß noch immer auf einem Bürostuhl in der Ecke.

»Möchten Sie ein paar Stunden schlafen?«, fragte Golombek ehrlich besorgt. Wieder schauten Helene und Paul sich an. Sie lächelten, schauten anschließend zu ihrem Vorgesetzten. Dann stand Walter Paul auf und begab sich Richtung Kaffeemaschine.

»Ich setze Kaffee auf.«

Udo Golombek verstand, gab sich aber noch nicht geschlagen.

»Ich hätte morgen früh lieber zwei Beamte, die ausgeschlafen sind.«

»Und ich einen Fall, der abgeschlossen ist«, stellte Helene klar. »Weil die psychische Belastung immens Körner kostet.«

»Wie Sie meinen. Aber ich werde nach Hause fahren«, zeigte Golombek sich resigniert und wünschte eine gute Nacht. Oberstaatsanwalt Horst Klöckner schloss sich an. Nun saßen nur noch Paul, Helene und Öztunali im Büro.

»Warum gehen Sie nicht nach Hause? Informationen, die Sie an die Presse weitergeben können, wird es hier heute nicht mehr geben«, stellte Helene provokant fest.

»Wie meinen Sie das?«

Walter Paul schaltete sich mit ein: »Sie versorgen die Medien mit Informationen.«

»Also, das ist …«

Paul stand auf und ging auf den Psychologen zu. »Das ist Tatsache. Sie waren dabei, als wir die Eltern von Lukas Schünemann besucht haben. Und in den Zeitungen steht, wie der Vater zusammengebrochen ist. Man kann Gesprächsinhalte nachlesen.«

Öztunali unterbrach Paul: »Ich finde Ihre Anschuldigungen abstrus. Kann es sein, dass Frau Schünemann mit den Medienvertretern sprach? Psychologisch lässt sich ein solches Mitteilungsbedürfnis nur allzu gut begründen.«

Helene kam auf ihrem Bürostuhl angerollt und hielt neben Walter Paul.

»Es sind Informationen von unserem letzten Besuch bei Frau Schünemann an die Presse gelangt. Wir haben die Mutter den Sanitätern übergeben. Sie wurde in die Psychiatrie ins Krankenhaus Neukölln gebracht. Wollen Sie uns weismachen, dass Medienvertreter dort vorstellig werden dürfen, um mit einer Patientin zu sprechen?«

»Es wäre möglich.«

Helene lief jetzt zur Hochform auf: »Sie sind ein schlechter Lügner und ein noch schlechterer

Schauspieler, Herr Öztunali. Und wissen Sie, was Sie nicht sind? Ein Psychologe.«

Öztunali schluckte. Er musste sich kurz sammeln. »Ich weiß, dass dieser Fall für Sie eine mentale …«

Helene würgte ihn ab. »Soll ich Ihnen noch etwas sagen?«

Öztunali schaute Helene fragend an.

»*Sie* haben Lukas Schünemann umgebracht!«

***

In ein Handtuch gehüllt, trat Charlotte Schmidhuber aus dem dampfigen Badezimmer. Das Wasser, das noch von ihren Füßen tropfte, hinterließ kleine, glänzende Abdrücke auf dem kühlen Parkett des Flurs. Der Morgen war still, und nur das leise Tropfen aus der Dusche erinnerte daran, dass der Tag bereits begonnen hatte. Charlotte Schmidhuber machte sich auf den Weg ins Ankleidezimmer, wo die ordentlichen Reihen von Kleidung im Halbdunkel auf sie warteten, bevor sie in das Zimmer ihres Sohnes schlich. Der Wecker auf dem Nachttisch zeigte weit nach acht an, als sie sich sanft auf die Bettkante setzte, um Lorenz zu wecken.

Ein tiefer Atemzug entwich ihr. Sie hatte ihn

noch immer nicht zur Schule geschickt – nicht, solange diese Sache in der Luft hing. Sie konnte sich lebhaft vorstellen, dass die Polizei nur darauf wartete, ihren Jungen abzufangen, um ihm unangenehme Fragen zu stellen. Oder schlimmer noch, ihn mit aufs Revier zu nehmen. Lorenz war gerade mal dreizehn, viel zu jung, um dem Druck standzuhalten, ohne in Widersprüche zu geraten.

Während sie das Frühstück für ihn bereit machte, wanderte ihr Blick immer wieder zur Uhr. Um zehn sollte endlich ihr Mann von der Geschäftsreise zurückkehren, und um zwölf würde sie im Amtsgericht erwartet. Bis Lorenz nach unten kam, nahm Charlotte Schmidhuber sich einen Moment Zeit und ihr iPhone zur Hand. Sie scrollte durch die Nachrichten, obwohl sie wusste, dass elektronische Geräte am Esstisch eigentlich tabu waren. Doch die Schlagzeile, die sie auf der Website einer Berliner Tageszeitung entdeckte, ließ sie innehalten:

»Mord an 13-jährigem Jungen aus Steglitz aufgeklärt! 34-jähriger Türke geständig.«

Ihr Herz setzte für einen Moment aus.

***

Der Oberkörper von Walter Paul schoss ruck-artig nach oben, als Udo Golombek das Büro betrat und das grelle Licht einschaltete.

»Sehen Sie«, sagte Golombek mit einem leichten Schmunzeln, »irgendwann holt der Körper sich, was er braucht.«

Paul massierte seine graumelierten, kurz geschnittenen Haare und ließ seine Handflächen über das müde Gesicht gleiten. »Was für eine Nacht«, murmelte er, noch sichtlich benommen. Sein Blick wanderte ins Leere, als müsste er erst alle Gedanken in seinem Kopf ordnen.

»Wo ist Frau Eberle?« Golombek sah, wie Paul sich am Ohr kratzte und gähnte, ein wenig orien-tierungslos, als hätte er gerade in einem fremden Zimmer auf einer Kindergeburtstagsparty aufwa-chen müssen.

Golombek ging zum Fenster und riss es auf. Die kühle Morgenluft strömte herein, doch Paul schien immer noch nicht ganz da zu sein. »Ich glaube, sie wollte etwas mit der IT-Abteilung besprechen«, antwortete er mit träger Stimme.

»Warum? Ich dachte, der Fall wäre bereits geklärt.«

Paul warf einen schnellen Blick auf die Uhr.

Er hatte nicht einmal dreißig Minuten geschlafen, doch dieser kurze, unruhige Schlaf hatte ihn mehr durcheinandergebracht als er nützlich war. Sein Nacken schmerzte, sein Kopf fühlte sich an, als ob jemand ein Trommelkonzert darin veranstaltete, und sein Mund war trocken wie nach einer durchzechten Nacht, obwohl er nichts anderes als Kaffee und Energy-Drinks in sich gekippt hatte. Diese süße Plörre fand er sonst abstoßend, aber nach Stunden, die er vor den Akten verbracht hatte, war es die einzige Option, die er auf Simone Ottos Schreibtisch fand. Er war Mitte 40 – die Zeiten, in denen er Nächte durchmachte, ohne dafür zu bezahlen, waren lange vorbei.

»Sie sehen wirklich übel aus, Herr Paul«, meinte Udo Golombek kopfschüttelnd. »Gehen Sie nach Hause und schlafen Sie sich aus.«

Paul wehrte den Vorschlag sofort ab. »Ich warte noch auf Helene.«

In diesem Moment betraten Dietmar Schulz und Simone Otto das Büro. Schulz stierte zu Walter Paul.

»Du hast echt die ganze Nacht durchgemacht?«, fragte der und schlug ihm freundschaftlich auf die Schulter.

Paul erwiderte das mit einem schwachen Lächeln.

»Öztunali hat den Jungen umgebracht«, sagte er, noch immer mit der müden Stimme desjenigen, der die Unwahrheit zu oft wiederholen musste. »Er hat gestanden. Er sitzt in U-Haft.«

Golombek runzelte die Stirn. »Wie haben Sie das mit der U-Haft geschafft? Sie konnten das doch nicht allein entscheiden.«

Paul brauchte einen Moment, um den Fehler zu erkennen: »Ich meinte natürlich nicht U-Haft. Er ist erstmal nur in Gewahrsam.«

Die Skepsis in Golombeks Gesicht sprach Bände, doch bevor er nachhaken konnte, trat Oberstaatsanwalt Horst Klöckner ins Büro.

»Ich muss dringend auf den neuesten Stand gebracht werden«, sagte er knapp.

Paul öffnete bereits den Mund, um alles zu wiederholen, als auch die Pressesprecherin Janett Brühl dazu kam.

»Guten Morgen«, sagte sie mit geschäftsmäßiger Stimme. »Die Pressekonferenz ist für 14:00 Uhr angesetzt. Bis dahin dürfen keine weiteren Informationen rausgehen.«

»Haben Sie die Pressemitteilung etwa schon verschickt?«, fragte Golombek geschockt.

Janett Brühl nickte. »Es eilte. Wir konnten nicht auf Ihre Rückmeldung warten. Öztunali hat alles gestanden. Er hat Täterwissen preisgegeben.«

»Und das Motiv?« Golombek schaute, als würde er einem Tornado dabei zusehen wie er durch die Stadt fegte.

»Das steht in den Akten«, erwiderte die Pressesprecherin, ohne weitere Details preiszugeben.

Golombek schnaubte. »Dann müssen wir uns dringend eine gute Ausrede überlegen, warum es einem Täter gelungen ist, sich in die Kreise der Kriminalpolizei hineinzuschleichen.«

***

Er durfte das Haus nicht verlassen. Aber das hinderte Lorenz nicht daran, mit seinen Freunden über WhatsApp zu schreiben. Vier Nachrichten hatte er heute Morgen an Luis geschickt, zwei an Michelle, eine an Nico, und elf an Siri. Immerhin war sie seine Freundin. Doch niemand hatte bisher geantwortet, und Lorenz wusste auch, warum: Sie saßen alle noch in der Schule, wo es ein striktes Handyverbot gab. Manche versuchten, es zu umgehen, aber oft wurden sie erwischt. Die Lehrer waren unerbittlich. Wurde ein Handy konfisziert, mussten die Eltern es persönlich bei der Direktorin abholen.

Lorenz Schmidhuber stieg die Treppe hinunter in die Küche, nahm ein Glas aus dem Schrank und füllte es auf. Mit einem Käse-Sandwich in der Hand schlenderte er zurück in sein Zimmer. Er hatte sturmfreie Bude. Sein Vater saß wegen einer Flugverspätung in Frankfurt fest, und seine Mutter war auf dem Weg ins Amtsgericht. Trotzdem kam es für Lorenz nicht infrage, die Situation auszunutzen. Die Angst, von der Polizei geschnappt zu werden, war einfach zu groß.

Zurück in seinem Zimmer griff er sofort wieder nach seinem Smartphone. Eine Nachrichtenseite meldete, dass der Mörder von Lukas Schünemann gefunden worden war. Lorenz starrte auf den Bildschirm. Das änderte alles. Vielleicht hatten sie wirklich einen Fehler gemacht, aber nun schien es, als könnten sie einer Strafe doch noch entkommen. Es war noch nicht einmal Unterrichtsschluss, als Siri plötzlich antwortete. Kurz darauf meldete sich auch Michelle, dann Nico. Nur von Luis las er nichts.

***

Seit kurz nach acht saß Helene Eberle neben Jaspar Patel, einem der vielen IT-Spezialisten des LKA, und starrte gebannt auf die Bildschirme. Zwei Stunden lang hatte niemand gesprochen, die Spannung im Raum war greifbar. Patel, mit seiner schlanken, fast knochigen Statur und Mitte dreißig, strahlte eine unerschütterliche Ruhe aus. Sein dezenter Fliederduft vermischte sich kurioserweise perfekt mit Helenes Pfirsich-Vanille-Parfüm. Dann, endlich, das ersehnte Ping. Die nächste Nachricht war da.

Helenes Augen leuchteten kurz auf, als sie erkannte, dass sie der Lösung näherkamen. Aber natürlich hatte das Schicksal einen Sinn für Dramatik, denn genau in diesem Moment klopfte es an der Tür. Walter Paul stürmte herein, ohne auf eine Antwort zu warten. »Und? Kommt ihr voran?«, fragte er mit der Energie eines Mannes, der viel zu viel Kaffee und zu wenig Schlaf hatte.

»Ja, wir nähern uns langsam, aber sicher«, antwortete Helene und versuchte, ihre Geduld nicht zu verlieren. Ihr Blick wanderte nur kurz zu ihm, bevor sie wieder stur auf den Bildschirm starrte. »Wie läuft es oben?«

»Es läuft.« Paul fuhr sich durch die Haare und warf einen sorgenvollen Blick über seine Schulter. »Nur ... wir müssen uns Gedanken machen, warum Öztunali sich ohne Überprüfung bei uns einschleichen konnte. Udo vermutet, dass das Ärger geben wird.« Er hob die Hände zum Anführungszeichen in die Luft, als wäre *Ärger* ein böser

Zauber, den man nur mit der richtigen Gestik beschwören konnte.

Helene nickte geistesabwesend, während Patel leises Husten unterdrückte, das wie ein Lachen klang. Der Moment drohte bereits wieder in die stille Routine des Wartens abzudriften, als plötzlich Helenes Augen weit aufrissen: »Da!«, rief sie und sprang so abrupt auf, dass ihr Stuhl quietschend nach hinten rollte. »Jetzt haben wir ihn!« Sie grinste triumphierend. »Wir haben ihn. Tatsächlich. Ich glaube es nicht!«

***

Udo Golombek zuckte instinktiv zurück, als er Helene Eberle an diesem grauen Nachmittag zum ersten Mal zu Gesicht bekam. Ihr Gesicht wirkte, als habe man ihr den letzten Tropfen Energie entzogen. Ihre Haut war blass wie Pergament, die Augenringe tief und dunkel, was ihre Augen nur noch wie schmale Schlitze erscheinen ließ. Ein Haargummi, der ihre braunen Haare zusammenhalten sollte, hatte seinen Kampf fast aufgegeben, die Strähnen hingen wild an ihrem Nacken herab, als würden sie gleich auseinanderfallen. Doch trotz dieser Erschöpfung blitzten ihre perlweißen Zähne im kalten Licht des Raumes.

»Frau Eberle, Sie …«, setzte Udo Golombek zögernd an, um eine erste Kontaktaufnahme zu versuchen.

Aber Helene ließ ihn nicht ausreden: »Wir haben alles, was wir brauchen!«

Golombek blinzelte verwirrt. »Was? Was brauchen Sie denn? Ich habe das Gefühl, dieser Fall entgleitet mir mehr und mehr. Informieren Sie mich bitte über alles.«

Paul erhob sich von seinem Stuhl und ging in die hinterste Ecke des Raumes, wo er mechanisch die nächste Kanne Kaffee aufsetzte.

Helenes Augen waren fest auf Golombek gerichtet: »Wir haben … Beweise. Wir wissen, wer Lukas Schünemann umgebracht hat.«

»Ich dachte, es steht fest, dass Mohammed Öztunali unser Hauptverdächtiger ist. Warum tauchen jetzt erst Beweise dafür auf? Ich dachte, er hätte gestanden.«

Helene trat einen Schritt näher, der Raum schien plötzlich kälter. »Es war nicht Öztunali. Es war Luis Engelhardt.«

Golombek fuhr sich nervös über die Glatze. »Jetzt verstehe ich gar nichts mehr.« Seine Stimme zitterte leicht, als er wieder flehend sprach: »Bitte, erklären Sie mir, was hier los ist.«

Helene ließ sich auf den Stuhl gegenüber fallen

und fuhr sich mit der Hand durch ihr Haar, als könnte sie so die Erschöpfung aus ihrem Kopf wischen.

»Ich brauche eine kalte Cola, dann erzähle ich alles«, sagte sie.

»Ich habe Kaffee aufgesetzt«, schnaubte Walter Paul, die künstliche Empörung in seiner Stimme kaum verhüllend.

»Nach sieben Tassen in den letzten vier Stunden brauche ich jetzt etwas Zuckerhaltiges«, konterte Helene und schloss die Augen, als würde sie gegen das Gewicht ihrer Lider ankämpfen.

»Kann hier bitte jemand der Frau eine Cola besorgen?«, rief Golombek und hob die Hände, als würde er damit das Schicksal beschwören. »Sonst erfahre ich nie, was hier vor sich geht.«

Walter Paul verließ das Büro. Minuten später kam er mit einer kühlen Cola zurück, die er Helene lächelnd und stolz überreichte. Sie nahm einen tiefen Schluck, der Klang des plötzlichen Zischens und Gurgelns schien die Spannung im Raum kurz zu brechen. Nachdem sie die Flasche zur Hälfte geleert hatte, begann sie zu sprechen: »Um dich erst mal zu beruhigen, Udo: Öztunali ist wirklich Diplom-Psychologe. Aber anscheinend verdient man in dieser Branche nicht besonders gut. Er hat einem großen Medienunternehmen interne Informationen verkauft.«

»Und dafür kassiert«, ergänzte Walter Paul.

Golombek zog die Stirn kraus. »Sie meinen, er hat einen auf Bürgerreporter gemacht?«

»Kann sein, dass man das so nennt«, antwortete Helene ruhig und hob die Cola zum Mund, nahm einen weiteren Schluck. »Walter und ich haben ihm einen Deal angeboten: Er gibt sich als vermeintlicher Täter aus und informiert die Medien. Den Draht dazu hat er ja. Dafür lassen wir seine Verfehlung unter den Tisch fallen.«

»Moment, Moment.« Golombek konnte kaum fassen, was er hörte. »Er hat freiwillig zugestimmt, sich in den Medien als Kindermörder hinstellen zu lassen? Das ruiniert sein Leben, nicht nur seine Karriere! Es gibt kaum etwas Schlimmeres, als einen Mord an einem Kind.«

»Er hatte die Wahl«, sagte Helene kühl. »Entweder er stellt sich vorübergehend als Täter dar und ist am Ende unschuldig, oder er bekommt eine Anzeige, die sicher zu einer Verurteilung geführt hätte. Seine Karriere wäre dann definitiv vorbei gewesen. Da er uns hilft, werden wir von einer Anzeige absehen. Und ich habe ihm versprochen, am Ende die Wahrheit richtigzustellen. Aber zurück zum Wesentlichen.« Sie lehnte sich in ihrem Stuhl zurück und ließ die Cola auf den

Tisch sinken. »Die Medien haben die Falschmeldung gedruckt, ohne zu hinterfragen. Er war auf allen Titelseiten – das war der erste Schritt. Der zweite Schritt war, dass ich mich mit Jaspar Patel aus der IT in die Handys der Jugendlichen eingewählt habe. Wir hatten die Erlaubnis. Es war nur eine Frage der Zeit, bis sie sich über die Falschmeldungen austauschten.«

Golombek lauschte, seine Hände zu Fäusten geballt, als Helene fortfuhr: »In der gemeinsamen WhatsApp-Gruppe schrieb Leon Schmidhuber beispielsweise: ›*Cool, dass die Polizei jemanden festgenommen hat. Jetzt kann Luis wieder ruhig schlafen, nachdem er sein erstes Opfer gefunden hat.*‹ Luis antwortete: ›*Du bist nur neidisch.*‹ In einer anderen Nachricht wurde Luis als Held gefeiert, weil er die Welt von einer ›*schwulen Missgeburt*‹ befreit habe. Und in einer dritten Nachricht forderte er, als Dank einen ›*Fick mit Siri*‹, weil sie jetzt die Nervensäge los sei.«

Stille legte sich über den Raum. Golombek ließ sich schwer auf seinen Stuhl sinken, als hätte die Luft in seinem Körper plötzlich jegliche Kraft verloren. Seine Brust hob und senkte sich tief, seine Stirn glänzte leicht. Die Augen seiner Teammitglieder waren auf ihn gerichtet, sie warteten auf eine Reaktion.

»Ich ...«, er suchte nach Worten, »weiß nicht, was ich sagen soll. Das ist alles so verrückt wie brillant.« Er atmete tief ein. »Ich werde die neuen Informationen sofort der Staatsanwaltschaft vorlegen. Wir müssen besprechen, wie wir jetzt mit Luis Engelhardt umgehen.«

***

Draußen hatte der Mond die Sonne längst verdrängt, als Oberstaatsanwalt Horst Klöckner endlich zur Dienstbesprechung der Soko erschien. Die Straßenlaternen warfen lange Schatten auf das Pflaster, während drinnen das fahle Licht der Neonröhren den Raum in kühles Weiß tauchte. Klöckner hielt kurz inne, unterdrückte einen Hustenreiz. Mit einer knappen Handbewegung deutete er auf das Fenster. Helene Eberle erhob sich und ließ Luft in den Raum. Dies sorgte aber nur für einen kurzen Moment der Erleichterung. Klöckner trat vor den Tisch, sein Gesicht im Zwielicht der Raumbeleuchtung. Er musterte die zehn Anwesenden.

»Entschuldigen Sie die Verzögerung. Ich habe noch andere Fälle auf dem Tisch, und die sind ebenso dringend. Außerdem erwarten wir noch einen Mitarbeiter vom Jugendamt. Er müsste jeden

Moment hier eintreffen.«

Sein Blick wanderte durch die Gesichter des Teams – die Müdigkeit war greifbar! Er erkannte schwere Augenlider und halb leere Kaffeetassen, dazu ertönte ein gelegentliches Gähnen. Dietmar Schulz war bereits zusammengesackt, die Arme locker verschränkt, als würde er gleich in den Tiefschlaf übergehen. Klöckner konnte die Erschöpfung spüren, wusste aber, dass er ihre Aufmerksamkeit für diesen Moment brauchte. Mit einem leicht gereizten Seufzer stieß er mit dem Fuß gegen das Tischbein.

Walter Paul, der halb schlief, fuhr plötzlich kerzengerade hoch, als hätte ihn jemand mit kaltem Wasser übergossen. Schulz jedoch zuckte nicht einmal. Bis Simone Otto ihn anstieß. Jetzt rieb er sich träge die Augen und streckte sich ausgiebig, als wäre er aus einem Wochenend-Wellnessurlaub zurückgekehrt.

»Kaffee?«, fragte Janett Brühl, die mit einem Tablett voller Tassen den Raum betrat.

»Kaffee? Um diese Uhrzeit?«, fragte Schulz müde, als er seine Tasse entgegennahm. »Ich hätte jetzt lieber ein Bier.«

Klöckner konterte trocken: »Nach Ihrem Nikkerchen direkt ein Bier? Ist das bei Ihnen der Standard?«

»Ich hab nicht geschlafen.«

Simone Otto verteidigte ihren Kollegen: »Er hat meditiert.«

Dietmar Schulz lehnte sich mit einem übertrieben tiefen Seufzer zurück und Klöckner konnte sich die nächste Spitze nicht verkneifen: »Na, für ihre Meditationen sind Sie ja in der Abteilung berüchtigt.«

Dann eröffnete er die Versammlung: »Guten Abend. Wir sind hier, um endgültig zu klären, wie wir mit Luis Engelhardt verfahren. Wie Sie wissen, ist er 13 Jahre alt und somit noch nicht strafmündig.«

In diesem Moment klopfte es an der Tür. Golombek öffnete, und ein Mann in einer Winterjacke betrat den Raum.

»Guten Abend. Siebert, Jugendamt Steglitz-Zehlendorf. Bin ich hier richtig?«

»Ja, Sie sind richtig«, sprach Klöckner und ging auf den Neuankömmling zu. Er reichte ihm die Hand, die Siebert kräftig ergriff. Mit einem Lächeln stellte der Mann seine Aktentasche ab, legte einen Stapel Papiere vor sich auf den Tisch und nahm Platz.

»Danke, dass Sie so kurzfristig gekommen sind«, sagte Klöckner und ging zurück zum Schreibtisch.

»Nach dem, was Sie mir am Telefon geschildert haben, konnte ich kaum anders«, erwiderte Siebert mit einem schiefen Grinsen. »Ich kenne den Jungen und seine Familie nicht. Aber ich schlage vor, Sie bringen mir Ihre Ideen, und ich gebe Ihnen meine Zustimmung – oder eben nicht. Fakt ist: Ohne meine Zustimmung sind Sie nicht handlungsfähig.«

Sieberts Worte waren noch nicht ganz verhallt, als Schulz bereits aufsprang. Sein Stuhl krachte laut polternd nach hinten, und Klöckner sah es schon kommen. Schulz hatte die Worte »nicht handlungsfähig« offenbar persönlich genommen. Der dicke Polizist baute sich auf, sein Gesicht rot vor Wut.

»Wir sind immer handlungsfähig!«, donnerte er. »Wir sind die Polizei, keine Bürofuzzies wie du!«

Walter Paul, der neben ihm saß, legte eine beruhigende Hand auf seine Schulter. »Dietmar, atme tief durch. Und setz dich wieder. Deine Meditation war noch nicht lang genug.«

Manche Kollegen konnten sich ein Lachen nicht verkneifen. Schulz atmete tief durch die Nase ein und ließ sich widerwillig in seinen Stuhl zurücksinken.

»Frau Eberle, ich übergebe an Sie. Bitte.«

Helene stand auf und bedankte sich. »Eine

Vorladung ist sinnlos. Der Junge würde nicht erscheinen. Wir sollten ihn entweder zu Hause aufsuchen oder vor der Schule abfangen.«

Siebert hob die Hand zur Einwendung. »Vor der Schule? Auf keinen Fall. Das wäre eine öffentliche Bloßstellung, und das kann ich nicht zulassen.«

Simone Otto lachte. »Sind Sie der Anwalt des Jungen, oder was?«

Siebert zuckte nicht einmal mit der Wimper. »Es geht um den Schutz des Jungen, und wenn Sie das für eine Anwaltsaufgabe halten, dann meinetwegen.«

Dietmar Schulz, der sich gerade erst wieder beruhigt hatte, sprang erneut auf. Diesmal glücklicherweise, ohne seinen Stuhl umzuschmeißen. »Und wer hat das Opfer geschützt?«, fragte er provokant.

Siebert blieb ruhig und antwortete: »Wenn die zahlreichen Mobbingvorfälle früher gemeldet worden wären, hätten wir auch Lukas Schünemann schützen können.«

»Was sollen wir denn noch alles machen?«, fauchte Schulz, seine Stimme scharf vor Frustration. »Sollen wir uns auch noch um deren Pausenbrote kümmern?«

Golombek, dem die Situation zu bunt wurde, schritt jetzt ein: »Herr Schulz, setzen Sie sich!«

Schulz nahm zähneknirschend Platz, murmelte etwas Unverständliches vor sich hin und warf einen schnellen Blick auf die Uhr.

***

Als letzte Einheit hatte Helenes Team das Büro verlassen. Paul öffnete die Tür des Zivilfahrzeugs, während Helene ihn fragte, ob er überhaupt noch fahrtüchtig sei. Paul verstand nicht, worauf seine Freundin hinauswollte.

Sie ließ sich auf den Beifahrersitz sinken, hätte am liebsten die Lehne zurückgeklappt, um sich ein wenig auszuruhen, doch hinter ihr saß Falk Siebert, und der hätte das sicher nicht gutgeheißen.

Auf der Rückbank neben Siebert saß eine junge Kollegin, die Helene nur als Bine kannte. Sie vermutete, dass Bine eigentlich Sabine hieß, doch dafür schien sie ihr zu jung. Frauen unter 40, die Sabine hießen, kannte sie nicht. Bine wirkte mit ihren schulterlangen blonden Haaren und dem durchtrainierten, schlanken Körper wie jemand, der noch einige Jahre Zeit hatte, bis der 40. Geburtstag anstand.

»Ich kann mich nicht erinnern, wann wir das letzte Mal die Augen zugemacht haben. Nicht dass du uns am Steuer einschläfst«, wurde Helene jetzt deutlicher. Besorgt sah sie zu Paul hinüber.

»Keine Sorge, mein Adrenalinspiegel ist so hoch, ich könnte Bäume ausreißen«, erwiderte er grinsend. »Mach du ruhig die Augen zu. Wir brauchen fast eine Stunde bis Lichterfelde.«

Paul wusste, dass Helene, obwohl sie oft rastlos wirkte, in der Lage war, selbst in den stressigsten Situationen für einen Moment die Augen zu schließen und neue Energie zu sammeln. Aber diesmal war auch sie zu angespannt. Falk Siebert wiederholte ständig, dass dies keine gewöhnliche Festnahme sei. Diskretion sei oberstes Gebot, schließlich ginge es um den Schutz der Jugendlichen.

»Das sagen Sie mal den Kollegen im anderen Auto«, murmelte Helene und dachte an Simone Otto und Dietmar Schulz. Aber Horst Klöckner saß dort auf dem Beifahrersitz. Er würde dafür sorgen, dass sich die beiden mäßigten. Hoffentlich, dachte sie.

Der schwarze Audi glitt auf die Stadtautobahn, vorbei an beleuchteten Hochhäusern und vereinzelt bereits hellen Bürofenstern. Sie fuhren zügig, der Berufsverkehr hatte noch nicht eingesetzt. Helene wusste, dass das bald anders aussehen würde. Dann würde Paul nicht mehr so ruhig mit Tempomat über den Asphalt gleiten können. Sie spürte, wie das Auto leicht beschleunigte, als Paul einen Lkw überholte, und bemerkte, wie er kurz zu ihr herüberschaute.

»Kannst du nicht schlafen?« Seine Stimme war sanft, fast einladend.

»Du klingst, als würden wir in den Urlaub fahren«, kicherte Helene müde.

Die blauen Schilder kündigten das Ende der A103 an. Paul zog den Audi auf die linke Spur, um Richtung Wolfensteindamm abzubiegen, als Helene plötzlich zusammenzuckte.

»Alles okay?« Pauls Blick huschte erneut zu ihr, doch sie antwortete nicht sofort. Ihr Handy vibrierte in der Hosentasche. Sie zog es heraus und warf einen schnellen Blick aufs Display.

»Ja, Simone, was gibt es?«

»Alles abgeblasen. Ihr könnt umdrehen, wenn ihr noch nicht da seid.« Helene wollte mehr wissen, obwohl sie schon ahnte, was ihre Kollegin meinte.

»Die Pressemeute hat sich vor dem Haus versammelt«, fuhr Simone fort, »es gibt kein Durchkommen.«

Helene schüttelte den Kopf. Simone Otto berichtete, dass die Journalisten wie Geier vor dem Haus der Engelhardts warteten, genauso wie vor Tagen vor dem LKA. Die geplante Inobhutnahme der

Jugendlichen war somit unmöglich geworden. Die Familien würden das Medienspektakel vor ihren Fenstern längst bemerkt haben. Sie waren gewarnt.

Paul nutzte eine Parktasche auf dem Hindenburgdamm, um anzuhalten. »Und jetzt?«, fragte er.

»Lass uns trotzdem hinfahren. Ich will es mit eigenen Augen sehen.«

Es knirschte unter den Schuhen, und die Blitzlichter der Kameras zuckten grell, als Paul, Bine und Helene aus dem Auto stiegen. Siebert blieb im Wagen und schirmte sein Gesicht mit einem Aktenordner ab. Mikrofone und Kameras wurden ihnen entgegengehalten, und die Fragen der Journalisten überschlugen sich, bis sie kaum noch zu verstehen waren.

»Das reicht«, murmelte Paul, den Blick auf das Haus gerichtet.

»Was meinst du?«, fragte Helene.

»Wenn die Engelhardts zu Hause wären, würde sich diese Meute nicht so auf uns stürzen.«

Helene folgte seinem Blick zur Haustür. Sie war geschlossen, und es war alles ruhig.

»Die Familien der Täter suhlen sich in ihrer Opferrolle«, sagte Paul düster. »Hätten sie den

Medienrummel vor ihrem Haus bemerkt, wäre die Tür längst offen.«

Helene wusste, dass er recht hatte. Die Engelhardts waren nicht zu Hause.

***

Walter Paul beobachtete, wie Helene sich nur noch mühsam die Treppen des Altbaus hinauf schleppte. Es sah aus, als würde sie sich mit letzter Kraft am Geländer hochziehen, erschöpft von den letzten, schlaflosen Tagen. Doch mehr noch als der Schlafmangel lastete das Gefühl der Niederlage auf ihr, das der Morgen mit sich gebracht hatte. Kaum hatten sie die Wohnung betreten, verschwand Helene ins Schlafzimmer und ließ sich erschöpft aufs Bett fallen.

»Möchtest du nicht wenigstens deine Schuhe ausziehen?« Pauls Worte verhallten im Raum. Er folgte ihr, kniete sich an den Bettrand und streifte ihr sanft die Jacke ab. Dann öffnete er die Schleifen ihrer Sneakers und zog sie ihr vorsichtig aus.

In der Küche goss er sich ein Glas Orangensaft ein, sprang schnell unter die Dusche und legte sich schließlich zu ihr ins Bett. Ein kurzer Blick auf den Wecker – es war kurz nach zehn. Draußen begann für viele der Arbeitstag, doch für sie war es Zeit, endlich zur Ruhe zu kommen.

Am Nachmittag war Paul der Erste, der aufwachte. Er sah zu Helene hinüber, die tief schlief. Sanft strich er durch ihr brünettes Haar, bevor er ihr einen Kuss auf die Stirn drückte. Vorsichtig legte er seine Decke auf sie, damit sie weiter in ihrem Erschöpfungsschlaf verharren konnte, und schlich in die Küche. Dort setzte er Kaffee auf, warf zwei Scheiben Brot in den Toaster und schlug vier Eier in die Pfanne. Der Duft von brutzelnden Würstchen erfüllte bald die kleine Küche. Plötzlich hörte er das leise Rauschen aus dem Bad – Helene war wach. Ein Teil von ihm wollte jetzt zu ihr unter die Dusche schlüpfen, sie umarmen, den Augenblick genießen. Aber er wusste, sie brauchte diese Zeit für sich.

Zehn Minuten später stand sie vor ihm – nur in ein Handtuch gehüllt. Ihre feuchte Haut glänzte. Für einen Moment hoffte Paul, dass sie das Handtuch einfach fallen lassen würde, dass sie sich noch hier in der Küche lieben könnten. Doch kaum war dieser Gedanke in seinem Kopf, durchbrach das schrille Klingeln seines Handys die Stille und erstickte die aufkeimende Hoffnung. Er überlegte, es einfach zu ignorieren, doch Helene war schneller. Sie nahm das Handy vom Flurschrank und reichte es ihm. Ihr Blick blieb ausdruckslos.

»Ein Anruf aus der Dienststelle«, sagte sie.

»Ich weiß. Ist mir aber egal«, antwortete er und hörte, wie das Klingeln erneut einsetzte, während Helene wortlos ins Schlafzimmer verschwand. Er wusste, warum. Ihr Handy lag dort.

Er schenkte sich Kaffee ein und setzte sich an den gedeckten Tisch. Doch bevor er den ersten Schluck nehmen konnte, tauchte Helene wieder in der Tür auf. Ihr entschlossener Blick verriet ihm, was sie vorhatte. Sie wollte zurück in die Dienststelle.

»Das mache ich nicht mit«, sagte er ruhig. »Klarissa ist bei deiner Mutter praktisch schon eingezogen. Wir sind alle am Ende. Janett hat die Pressekonferenz nicht ohne Grund abgesagt.«

Helene runzelte die Stirn. »Was hat das damit zu tun?«

»Sie hat sie abgesagt, weil wir alle überlastet sind. Vor allem du. Wir brauchen eine Pause, Helene.«

»Siri Roux hat auch eine Pause. Sie liegt im Koma!«

***

Das kleine Spreewald-Dorf Leipe lag abgeschieden auf einer Schwemmsand-Insel, umgeben von Kanälen und Wasserwegen. Viele der Häuser waren zum Wasser hin ausgerichtet, denn bis in die 60er Jahre war das Dorf nur auf dem Wasserweg erreichbar. So war auch das Ferienhaus der Schmidhubers von der Straße aus nicht zu sehen. Jetzt, in der Nebensaison, waren kaum Touristen unterwegs, und die wenigen Paddelboote, die sonst gemächlich an den Ufern vorbeizogen, konnte man in einer Stunde an einer Hand abzählen. Charlotte Schmidhuber und ihr Mann hatten oft darüber nachgedacht, das Haus zu verkaufen. Doch an diesem Tag waren sie dankbar, hier Zuflucht gefunden zu haben, weit weg von den Augen der Öffentlichkeit.

Lorenz Schmidhuber hingegen hasste diesen Ort. Seit er denken konnte, hatten seine Eltern ihn jedes Jahr nach Leipe geschleppt. Für ihn war das Dorf der Inbegriff von Langeweile. Als kleiner Junge wollte er am liebsten am Wasser spielen. Selbst das war ihm verboten. Seine Mutter hatte zu viel Angst, dass er hineinfallen und ertrinken könnte. Als Teenager hoffte er, sich die Zeit mit seinem iPhone vertreiben zu können, aber auch das ließ seine Mutter diesmal nicht zu. Sie fürchtete, sie könnten über das Gerät geortet werden. Für Lorenz war das absurd. In diesem Kaff gab es, ohne das hauseigene W-LAN, sowieso kaum Empfang. Zum Glück war heute sein Freund Luis mit dabei, der seine Laune etwas aufhellte.

»Ey, ich halte das hier keine Sekunde länger aus«, sagte er zu seinem Freund und schüttelte frustriert den Kopf.

»Immerhin findet uns hier keiner«, erwiderte Luis trocken.

»Ist mir doch egal. Ich bin unschuldig.«

***

Kurz nach 22:00 Uhr herrschte im Versammlungsraum fast völlige Stille. Das einzige Geräusch war das leise Brummen des Beamers, der mit einem Laptop verbunden war. Helene hatte das Licht ausgeschaltet, damit die Bilder auf der Leinwand klarer zu erkennen waren. Sie nippte an ihrem Cappuccino, während ihr Blick auf die Projektionen fiel. Das erste Bild zeigte Siri Roux. Sie lag da, als würde sie schlafen. Doch diese Illusion wurde durch das nächste Bild zerstört. Es war die Nahaufnahme einer leeren Aspirin-Packung, die zusammen mit vielen anderen verstreut auf dem Boden lag. Das dritte Bild, eine Pfütze Erbrochenes, stieß die schreckliche Realität vollends ins Bewusstsein.

»Der Körper des Mädchens scheint sich gegen die Vergiftung gewehrt zu haben«, stellte Walter Paul sachlich fest.

»Hoffentlich hat er noch nicht aufgegeben«, fügte Helene leise hinzu, fast mehr zu sich selbst als zu ihren Team-Mitgliedern.

Jaspar Patel erhob sich und schlich nach vorne. Sein Gesicht war im schwachen Schein des Beamers kaum zu erkennen. Er klickte dreimal auf die Tastatur des Laptops.

»Auf der Plattform TikTok hat Siri Roux ein Abschiedsvideo veröffentlicht«, sagte er mit gedämpfter Stimme.

Udo Golombek, der bis dahin stumm dabeigestanden hatte, ergänzte: »Es ist ermittlungsrelevant. Wir können es Ihnen nicht ersparen.«

Dann erschien das tränenüberströmte Gesicht eines 14-jährigen Mädchens auf der Leinwand. Die Stille im Raum wurde noch drückender, während alle die Tragik des Moments erfassten.

***

In ihrem Abschiedsvideo hatte Siri den Aufenthaltsort von Luis Engelhardt und Lorenz Schmidhuber preisgegeben. Damit war zwei Stunden später klar, wie weiter vorzugehen war.

Eine Stunde nach Mitternacht trat Dietmar Schulz auf das Gaspedal, als hätte er eine persönliche Mission. Die A 113 lag vor ihm, frei von Verkehr und endlich ohne das bescheuerte Tempolimit. Das Bundesland Brandenburg hatte es aufgehoben, weil das Tempolimit zu weniger Unfällen führte. Und wo es nur noch wenig Unfälle gab, brauchte es kein Tempolimit. Schulz hielt davon sowieso nichts – für ihn galt: »*Freie Fahrt für freie Bürger!*«

Walter Paul, der hinter ihm saß, war nicht der Typ, mit dem man über das Autofahren diskutieren konnte.

»Der hat eh keine Ahnung«, zischte Schulz verächtlich und drängte einen Porschefahrer mit der Lichthupe aus dem Weg.

Paul schenkte dem Manöver wenig Beachtung, sattdessen sah er Helene verliebt an, die neben ihm auf der Rückbank saß. Dietmar Schulz drehte sich kurz nach hinten, um sicherzugehen, dass sie keine Fummelspiele veranstalteten. Jeder im LKA wusste, dass Paul und Helene ein Paar waren, doch niemand sprach darüber. Das war Schulz auch egal, solange sie sich nicht in seinem AMG daneben benahmen.

Er sah, wie Paul Helenes Hand hielt, und als er sie im Rückspiegel beobachtete, bemerkte er ihr Lächeln. Sie starrte aus dem Fenster, offenbar gedankenverloren.

»Herr Schulz? HERR SCHUUULZ!« Golombeks lauter Ruf riss ihn aus seinen Gedanken. Er riss das Lenkrad herum, um den Wagen wieder unter Kontrolle zu bringen. Der SUV schlingerte zurück in die Spur.

»Konzentrieren Sie sich bitte!«, klang Golombek empört. »Wir wären beinahe gegen die Leitplanke gekracht.«

»Tschuldigung«, murmelte Schulz kleinlaut, während Helene im Hintergrund Simone Otto anrief. Sie erkundigte sich, ob Falk Siebert vom Jugendamt erreicht worden war.

»Den brauchen wir eh nicht«, warf Schulz bissig ein, während er den Wagen wieder beschleunigte.

Golombek funkelte ihn an: »Sie sollen sich auf den Verkehr konzentrieren. Und fahren Sie unter 200, ja? Denken Sie daran, dass Sie als Polizist auch ein Vorbild sind.«

Schulz biss sich auf die Zunge, um nicht auszusprechen, woran er dachte. Doch um des lieben Friedens willen ging er vom Gas.

Plötzlich blitzte es am Straßenrand. Schulz zuckte zusammen, während im Fond des Wagens Gelächter ausbrach.

»Was soll das denn jetzt?« Er war verwirrt und sauer. »Und warum lachst du so dreckig?«, fragte er Paul, der sich kaum zurückhalten konnte.

»Du bist 180 gefahren. Hier sind nur 100 erlaubt, wegen Straßenschäden«, erklärte Paul und versuchte, seine Heiterkeit zu verbergen. »Ich hoffe, du weißt, was das bedeutet.«

Schulz bremste ab. Wut kochte in ihm hoch.

»100! Wer denkt sich so eine Scheiße aus?«, brummte er und knallte die Faust gegen das Lenkrad. »Erst heben die das bekloppte Tempolimit auf, und dann sowas. Typisch Politiker. Die können auch nur eins: dem nackten Mann in die Tasche greifen.«

In Burg, einer Kleinstadt im Spreewald, parkte Schulz den AMG mit quietschenden Reifen in der Hattener Straße. Das Auto von Simone Otto und Horst Klöckner war bereits da, was seine Laune nicht gerade besserte. Die Kollegen vor Ort hatten Fahrräder bereitgestellt, damit die Soko das abgelegene Ferienhaus erreichen konnte.

Schulz starrte die Fahrräder an, als wären sie ein schlechter Witz. »Das könnt ihr schön vergessen. Ich fahr doch nicht mitten in der Nacht mit so nem Ding durch die Pampa.«

»Angst vor Wildschweinen, oder was?«, stichelte Helene, die genau wusste, wie sie ihren Kollegen auf die Palme bringen konnte.

Schulz hatte das Gefühl, sie würde sich insgeheim über ihn amüsieren. Vielleicht stand sie ja auf *echte Männer*, im Gegensatz zu, wie er fand, Weicheiern wie Walter Paul.

»Herr Schulz«, Golombek versuchte Ruhe in die Situation zu bringen, »ich weiß, die Ermittlungen fordern uns alles ab. Wir sollten uns trotzdem wie Erwachsene verhalten.«

»Ich mach ja schon«, knurrte Schulz und stapfte widerwillig zu den Rädern.

***

Charlotte Schmidhuber öffnete die Tür des Jugendzimmers nur einen Spalt. Genug, um zu erkennen, dass Lorenz und Luis nicht mehr in ihren Betten lagen.

Das Zimmer war in Dunkelheit gehüllt, nur schemenhafte Konturen der Möbel waren zu erahnen. Der Geruch von abgestandener Luft und die noch warmen Betten ließen sie schaudern. Wo waren die beiden?

Draußen, in der ansonsten stillen Nacht, hallte erneut das schrille Läuten der Türklingel durch das Haus. Charlotte Schmidhuber hörte das entfernte Rauschen des Windes, der durch die alten Fensterrahmen pfiff, und den dumpfen Widerhall der Stimmen draußen.

»Kriminalpolizei! Wir wissen, dass Sie im Haus sind! Öffnen Sie sofort!« Die Stimme der Beamtin klang entschlossen, fast schneidend.

Die Mutter atmete schwer. Ihre Finger krallten sich in den Türrahmen, als wäre er das Einzige, was ihr noch Halt geben konnte. Jeder Muskel in ihrem Körper war angespannt. Sie konnte sich kaum bewegen, wie gelähmt vor Angst.

Ein Lichtstrahl flackerte auf, als ihr Mann, im Schlafanzug und sichtlich überfordert, aus seinem Zimmer trat. Die Holzdielen unter seinen Füßen knarrten laut in der stillen Wohnung, das Licht brannte noch grell in seinem Zimmer hinter ihm.

»Mach das Licht aus!«, zischte sie und trat einen Schritt zurück. »Willst du, dass sie uns sofort finden?«

»Was ist denn das Problem?«, flüsterte er zurück. »Die dürfen sich uns doch sowieso nicht nähern, oder? Was wollen die schon tun?«

Doch Charlotte Schmidhuber spürte, dass er irrte. Ihre Hände zitterten, während ihr Blick hektisch durch das dunkle Haus wanderte. Alles fühlte sich plötzlich so zerbrechlich an. Die Wände, die sie seit Jahrzehnten kannten, schienen sie nicht mehr zu schützen, sondern ein Gefängnis zu werden.

Wieder ertönte das laute, drängende Klopfen der Polizei. »Letzte Warnung, öffnen Sie die Tür, oder wir verschaffen uns Zutritt!«

Panik kroch in ihr hoch. Ihre Kehle war trocken, und die Zeit schien sich in die Länge zu ziehen, während draußen die Beamten keine Geduld mehr zeigten. Sie riss sich von der Tür des Jugendzimmers los, ihr Herz pochte wild. Sie tastete sich durch den dunklen Flur, vorbei an den schweren Holzmöbeln, die im Schatten wie drohende Ungeheuer wirkten. Sie erreichte die Küche, wo sie die kalte Klinke der Hintertür umklammerte, und schloss kurz die Augen. Konnte sie fliehen? War das überhaupt eine Option? Sie öffnete den Besteckkasten.

Im nächsten Moment hörte sie das Krachen. Das Geräusch, wie Holzsplitter unter Gewalt brachen, ließ sie zusammenzucken. Die Schritte der Beamten hallten durch den Flur, schwer und entschlossen. Taschenlampenstrahlen durchbohrten die Dunkelheit und huschten wie Jagdhunde über die Wände.

»Frau Schmidhuber! Herr Schmidhuber! Bleiben Sie, wo Sie sind!«

Der Lichtstrahl einer Taschenlampe traf sie direkt ins Gesicht, blendete sie. Der kühle, metallische Ton der Stimmen der Polizisten drang an ihr Ohr, doch es war, als ob die Realität um sie herum verschwamm. Ihre Gedanken waren bei Lorenz und Luis. Hatten die Jungen wirklich geglaubt, sich verstecken zu können?

Ihr Mann stand wie versteinert neben ihr, die Hände schlaff an den Seiten. Charlotte Schmidhuber zitterte, nicht nur vor Kälte, sondern auch vor der aufsteigenden Gewissheit, dass alles zu Ende war. Doch aufgeben wollte sie nicht.

***

Der Blick der Mutter war eine Mischung aus Wut und Verzweiflung. Doch das Brotmesser in der Hand der Frau bemerkte Helene Eberle erst, als es zu spät war.

»Zurück!«, schrie Walter Paul und rang, gemeinsam mit Simone Otto, Charlotte Schmidhuber zu Boden.

Helene spürte den Kratzer auf ihrer Wange und hielt sich erschrocken das Gesicht. Der Schmerz war gering, aber der Schock saß tief. Während die Hausbesitzerin das Knie der Otto in ihrem Rücken spürte und leise wimmerte, rang Helene mit ihren Gedanken. Sie atmete schwer.

»Wo ist mein Junge?« Charlotte Schmidhubers Stimme klang schwach und verzweifelt.

Walter Paul kümmerte sich weiter um Helene, während Dietmar Schulz den Ehemann, der plötzlich in der Tür erschienen war, unsanft an die Wand drückte.

»Wir gehen jetzt ins Haus, und Sie weisen sich aus. Beim kleinsten Mucken geht es Ihnen wie Ihrer Frau«, drohte Schulz, ohne mit der Wimper zu zucken.

»Das wird Konsequenzen haben«, knurrte der Mann, doch Schulz ließ sich nicht beirren und verdeutlichte die Kräfteverhältnisse. Der Mann schrie auf. Helene, noch immer unter dem Eindruck des Angriffs, nickte auf Walters besorgte Frage hin.

»Nur ein Kratzer. Nichts Schlimmes.« Ihre Augen schweiften über die Szene, während Schulz in gewohnt ruppiger Manier die Lage klärte.

»Die Jungs sind verschwunden«, fasste Oberstaatsanwalt Horst Klöckner das Offensichtliche zusammen.

Golombeks Telefon bot im Funkloch keine Hilfe. So blieb ihnen nur die Vermutung, dass Lorenz und Luis auf dem Weg zum Bahnhof nach Lübbenau oder Radusch waren. Im Dunkeln, in einem verworrenen Netz aus Wasserwegen und Wald ...

***

»Alter, ich kann nicht mehr. Bist du sicher, dass wir in die richtige Richtung laufen?« Luis Engelhardt rang nach Atem, sein Seitenstechen brannte wie Feuer. Er konnte kaum noch mit seinem Freund Schritt halten, der unbeeindruckt vor ihm herlief. In der mondlosen Nacht, unter einem einzig von Sternen erhellten Himmel, fühlte Luis sich immer mehr verloren. Die Landstraße erstreckte sich endlos, ohne den kleinsten Lichtschein, und nicht einmal die Scheinwerfer eines Autos waren zu sehen.

»Wir machen hier seit Ewigkeiten Urlaub. Der Bahnhof kann nicht mehr weit sein«, sprach Lorenz. »Es gibt keinen öderen Ort auf der ganzen Welt. Ich wollte schon so oft abhauen.«

»Mitten in der Nacht?« Luis konnte sich die Flucht nicht einmal bei Tageslicht vorstellen, geschweige denn jetzt, in dieser unheimlichen Dunkelheit. Seine Stimme zitterte leicht, als er sprach, aber

Lorenz hörte es entweder nicht oder ignorierte es. Plötzlich tauchten vor ihnen zwei grelle Scheinwerfer auf, die ihnen entgegen schwebten wie die Augen eines Raubtiers im Unterholz. Das Auto bremste kurz ab, bevor es mit einem Aufheulen des Motors wieder beschleunigte.

»Scheiße, das waren die Bullen, hast du das gesehen?« Luis Herz raste, als er die Gefahr erkannte.

»Ja, Mann. Wir müssen uns beeilen!« Lorenz Stimme war jetzt drängender, fast panisch. »Die werden umdrehen und uns schnappen. Deine Mutter hat sie bestimmt verständigt.«

»Lass meine Mutter da raus!« Lorenz fuhr Luis scharf an. »Ohne sie hätten die uns schon längst.«

Luis verschluckte weitere Worte. Seine Beine fühlten sich wie Blei an, und seine Brust brannte vom Laufen, aber er wusste, dass sie die Straße verlassen mussten, wenn sie eine Chance haben wollten.

»Wir müssen von der Straße runter, sonst sind wir geliefert«, keuchte Luis schließlich.

»Weißt du, was passiert, wenn wir den Weg verlassen?« Lorenz schaute sich hektisch um, bevor er wieder beschleunigte.

»Weißt du, was passiert, wenn die uns kriegen?«

»Du hast doch nur Schiss, dass du dich verläufst«,

warf Lorenz ihm vor, während er weiterhin mit langen, schnellen Schritten vorneweg lief.

»Lieber verlaufen als im Knast landen.« Luis Stimme war jetzt kaum mehr als ein Flüstern, aber die Furcht in seinen Augen sprach Bände.

»Junge, wir sind dreizehn. Mit dreizehn kommst du nicht in den Knast.« Lorenz klang genervt, als wäre Luis seine Sorge völlig unbegründet.

»Ich habe aber gelesen, dass man ins Heim oder in die Klapse kommt, wenn man jemanden umgebracht hat – auch mit dreizehn.« Luis hielt den Atem an, als er das sagte.

Lorenz stoppte und drehte sich zu ihm um. »Erstens: Ich habe niemanden ermordet. Und zweitens war das ein Unfall. Kein Mord.«

Die Spannung hing schwer in der kalten Nachtluft, doch bevor Luis antworten konnte, erfassten sie erneut Scheinwerfer, diesmal von hinten. Wortlos sprangen die Jungen über die Seitenabsperrung, rutschten den kleinen Abhang hinunter und pressten sich flach gegen den Boden. Das Auto fuhr vorbei, ohne langsamer zu werden.

»Meinst du, das waren wieder die Bullen?«

»Quatsch, Bullen fahren doch keinen Dacia«, murmelte Lorenz mit trotzigem Stolz. »Ich kenne mich da aus.«

Luis biss sich auf die Lippe, um nicht zu

erwähnen, dass auch die Polizei Zivilfahrzeuge fährt. Die Kälte kroch ihm in die Knochen, und während er Lorenz weiterhin folgte, versuchte er vergeblich, seine Angst zu unterdrücken.

Wie lange sie noch laufen mussten, wusste er nicht. Und jetzt wagte er nicht einmal mehr, zu fragen.

***

Die Ortung der Handys von Lukas Schünemann und Luis Engelhardt war schnell erledigt. Während Helene Eberle und Walter Paul bei den Familien in der Ferienwohnung blieben, saßen Udo Golombek und Horst Klöckner im Auto und fuhren auf der gleichen Landstraße, auf der die Jungen vermutet wurden. Golombek steuerte den VW GTI, der einst bei einem illegalen Autorennen beschlagnahmt worden war, über die nur von Sternen erhellte Straße.

Horst Klöckner saß auf der Rückbank. Auf dem Beifahrersitz hatte Stefan Süß Platz genommen, ein junger Polizist aus der Region. Süß, gut drei Jahrzehnte jünger als Golombek und Klöckner, sollte den Kontakt zu den Jungen herstellen.

Udo Golombek beneidete Helene und Walter, die in der warmen Ferienwohnung geblieben waren. Sie wären viel geeigneter gewesen für diesen

Auftrag, doch er saß hier, auf einer dunklen Landstraße, in einem Auto, das ihm viel zu wild vorkam.

Stefan Süß entdeckte die Jungen zuerst, weit in der Ferne: »Da sind sie! Sie können Gas geben.«

Golombek verzog das Gesicht. »Wenn das mal so einfach wäre«, brummte er, während er gleichzeitig mit der Kupplung und der Gangschaltung kämpfte. Der GTI war ein Biest. Er hatte es im Gefühl, dass er die Maschine nicht wirklich im Griff hatte.

»Sie müssen schalten«, erinnerte ihn Süß.

»Das weiß ich.« Golombek schnaubte. »Aber ich fahre selten Autos mit über 150 PS.«

»Das hier fühlt sich an wie eine verdammte Achterbahn«, knurrte Klöckner von der Rückbank. »Dafür bin ich zu alt!«. Der GTI beschleunigte ruckartig, und sie flogen regelrecht auf die Jungen zu.

»Bremsen Sie!«, rief Süß.

»Mach ich doch!« Der Erste Kriminalhauptkommissar drückte auf die Bremse, und die Reifen quietschten ohrenbetäubend, als das Auto direkt vor den erstaunten Jungen zum Stehen kam.

Das Beifahrerfenster war nur wenige Zentimeter von ihnen entfernt. Süß kratzte sich nachdenklich an seinem Drei-Tage-Bart und schien beeindruckt vom abrupten Manöver, aber der Moment für Glückwünsche war nicht der richtige. Jetzt ging es um den Plan.

»Hey, Jungs, wo wollt ihr hin? Braucht ihr vielleicht 'ne Mitfahrgelegenheit?« fragte Süß lässig, während er die neugierigen Blicke der Jungen auffing.

Sie wirkten erleichtert, als ob sie wirklich glaubten, dass sie hier Glück gehabt hätten.

»Ja klar, könnt ihr uns zum Bahnhof bringen?«, fragte einer der Jungen, und seine Stimme war voller Hoffnung.

»Klar, kein Problem. Wie wäre es mit Lübbenau? Von dort kommt ihr am schnellsten weg.« Süß klang so beiläufig, dass es fast glaubwürdig war.

»Geil, danke!« Die Jungen antworteten im Chor, als wäre es das Normalste der Welt, nachts zu Fremden in ein Auto zu steigen.

Stefan Süß stieg aus und ging um das Auto herum, während Golombek und Klöckner sich wortlos ansahen. Beide beteten stumm, dass der Plan aufgehen würde.

Süß öffnete den Kofferraum. »Legt eure Sachen da rein.«

Udo Golombek kratzte sich an seiner Glatze und beobachtete das Geschehen im Rückspiegel. Die Jungen hätten ihre Rucksäcke problemlos mit auf die Rückbank nehmen können, aber das war der Trick. Sobald sie einstiegen, würde Süß ihnen den Weg abschneiden, und wenn sie den älteren Herrn auf der Rückbank bemerkten, wäre es zu spät für einen Rückzug. Udo Golombek war so viele Jahrzehnte bei der Kriminalpolizei, aber er war selten so nervös wie in dieser Nacht. Sein Herz pochte wie bei einem Grünschnabel, der gerade seinen ersten Einsatz hatte. Wenn dieser Plan schiefging, würden sie sich vor allen rechtfertigen müssen. Vor Charlotte Schmidhuber, vor den Medien. Er verdrängte den Gedanken schnell. Er sah im Seitenspiegel, wie einer der Jungen die hintere Tür öffnete und sich ohne Bedenken auf die Rückbank setzte. Der andere drängte sich neben ihn. »Mach mal Platz, Mann. Ich habe noch nie in so einem Schlitten gesessen.«

Süß schlug die Tür zu und setzte sich wieder auf den Beifahrersitz. Noch während er die Tür schloss, trat Udo aufs Gas. Der GTI schoss nach vorn, und binnen Sekunden hatten sie 100 km/h erreicht.

»Stramme Leistung«, lobte Süß und klopfte Golombek leicht auf die Schulter.

»Alles eine Sache der Übung«, antwortete er, obwohl er selbst kaum glauben konnte, wie flüssig er das Fahrzeug jetzt beherrschte.

»Boah, krass, da ist 'ne Straßensperrung«, rief einer der Jungen von der Rückbank. In diesem Moment begriffen sie vermutlich, dass hier etwas nicht stimmte. Golombek bremste vor den blinkenden gelben Lichtern ab, hob die Hand zum Gruß, und die Sperre wurde zur Seite geschoben.

»Kennen die euch?«, fragte einer der Jungen beeindruckt.

»Klar, im Spreewald kennt jeder jeden«, log Süß mit einem schiefen Grinsen.

Golombek musste sich ein Lachen verkneifen. *Wärt ihr mal lieber vorsichtiger gewesen*, dachte er. *Ihr habt Glück, dass ihr an die Richtigen geraten seid.*

Der GTI setzte seine Fahrt fort, direkt in Richtung der Revierpolizei Lübbenau.

***

Helene Eberle hörte kaum noch zu. Charlotte Schmidhubers Schimpftiraden waren nur noch ein dumpfes Hintergrundrauschen.

»Sie sind die unfähigste Polizistin, die mir je untergekommen ist! Sie haben meinen Sohn in die Flucht getrieben! Wegen Ihrer Inkompetenz werde ich Sie nicht nur anzeigen, ich mache sie fertig! Ich werde Sie zivilrechtlich verklagen, weil

Sie meinem Sohn psychischen Schaden zugefügt haben. Sie Monster!«

Helene unterdrückte ein Gähnen und zwang sich, ihre Augen offenzuhalten. Die Frau spuckte Feuer in Dauerschleife, während Helene selbst kurz davor war, in einen Tagtraum abzudriften. Doch dann ihr Handy. Der vertraute Ton riss sie aus ihrer Trance. Sie drückte auf den grünen Hörer auf ihrem Telefon.

»Ja?«

Udo Golombek war dran. »Die Jungs sitzen auf der Wache in Lübbenau«, sagte er.

Helene atmete erleichtert aus. Endlich ein Fortschritt. Doch ihr Vorgesetzter hatte noch mehr Neuigkeiten.

»Siri Roux ist aus dem Koma erwacht. Die Ärzte sagen, sie ist außer Lebensgefahr, aber wir können frühestens in zwei Tagen mit ihr sprechen.«

Diese Nachricht strömte durch Helene wie ein frischer Windstoß. Sie fühlte, wie neue Energie durch ihre müden Glieder flutete. Voller Tatendrang wandte sie sich wieder Charlotte Schmidhuber zu, die immer wieder nervös zur Mutter von Luis Engelhardt und ihrem eigenen Mann schielte, auf der Suche nach Bestätigung.

»So, Frau Schmidhuber«, begann Helene mit neuer Entschlossenheit. »Sie haben die Wahl: Entweder kommen Sie mit nach Lübbenau, wo Ihr Sohn bereits auf Sie wartet, oder Sie begleiten mich direkt nach Berlin, wo eine schöne U-Haft-Zelle bereits für Sie vorbereitet wird.«

Walter Paul, der sich auf dem Ledersofa in einer für ihn ungewöhnlich entspannten Pose lümmelte, fügte mit einem fiesen Grinsen hinzu: »Und wissen Sie, das Gesetz erlaubt uns, Sie bis zum Ende des Tages einzusperren. Schön, oder?«

Charlotte Schmidhuber kochte vor Wut.: »Mein Sohn ist besser dran bei einem Wolf als in den Händen von inkompetenten Bullen wie Ihnen.«

Tränen liefen ihr über das Gesicht, und Helene erkannte, dass die Frau ihre Worte bitterernst meinte.

Paul lehnte sich nach vorne. »Und, wie entscheiden Sie sich? Lübbenau oder Berlin? Sie haben die Wahl.«

Die Mutter presste die Lippen aufeinander, bevor sie hervorstieß: »Ich hole meinen Sohn ab und werde mit ihm nach Hause fahren. Allein.«

Helene schüttelte den Kopf. »Diese Option gibt es nicht. Sie fahren so oder so mit uns, entweder nach Lübbenau oder direkt nach Berlin.«

Die Worte wirkten wie Öl, das ins Feuer gegossen wurde! Mit einem Schrei stürzte Charlotte Schmidhuber sich auf Helene, die aber war schneller: Reflexartig wich sie aus, und ihre Widersacherin krachte gegen die Stuhllehne. Der Stuhl kippte, und die Frau landete mit einem dumpfen Aufprall auf dem Boden. Für Helene war es jetzt ein Leichtes, ihr die Hände hinter dem Rücken zu fesseln.

»Damit ist Ihre Entscheidung gefallen«, sagte sie kühl. »Sie fahren mit uns nach Berlin.«

Noch bevor sie weitersprechen konnte, klingelte erneut ihr Handy. »Ja, Udo? Was gibt es?«

»Bitte entschuldigen Sie nochmals die Störung, aber die Leitung war vorhin plötzlich tot. Wie ist der Stand bei Ihnen?«, fragte ihr Vorgesetzter.

Helene berichtete von Charlotte Schmidhubers Ausrastern, die nun gefesselt auf dem Sofa saß und schwer schnaufte, als würde sie jeden Moment wieder losspringen wollen.

»Höre ich da etwa Charlotte Schnauf-Schmidhuber?«, fragte Golombek und lachte.

»Ja«, antwortete Helene seufzend.

»Also, die Frau hat Sie mehrfach beleidigt und zweimal körperlich angegriffen? Und das mit einem Messer?«

Helene wollte gerade antworten, doch das war nicht nötig.

»Gut, ich kümmere mich um den Transport zur JVA Luckau. Was ist mit dem Vater? Und den

Eltern von Luis Engelhardt?«

»Die verhalten sich ruhig«, sagte Helene. »Ich glaube, sie werden kooperieren.«

»Perfekt. Dann bringst du die Eltern zur Wache in Lübbenau. Sie sollen bei der Vernehmung ihrer Kinder dabei sein. Ich fasse nochmal zusammen: Ich schicke Ihnen drei Kollegen zum Ferienhaus, die Ihnen helfen. Sie fahren zur Wache, und Charlotte Schmidhuber kommt mit mir nach Luckau. Die anderen Eltern sind bei der Vernehmung ihrer Kinder anwesend.«

Helene nickte, auch wenn Golombek das nicht sehen konnte.

Endlich nahm die Sache Fahrt auf.

***

Während Helene Eberle und Walter Paul mit den Eltern von Lorenz und Luis auf dem Weg zur Wache nach Lübbenau waren, hatten die beiden Jungen auf dem Revier ihren Schlaf gefunden.

Udo Golombek beobachtete sie durch die Scheibe des Verhörraums – erschöpft, zusammengesunken, wie zwei Kinder, die dem Tag einfach nichts mehr entgegenzusetzen hatten.

Er griff nach seinem Handy: Um sicherzu-
stellen, dass sie keine Fehler bei der Vernehmung
machten, versuchte er noch einmal, Falk Siebert
vom Jugendamt zu erreichen.

Als Helene, Walter Paul und die Eltern das
Revier erreichten, übernahm Golombek das Steuer
des Dienstwagens. Ohne Zeit zu verlieren, fuhr er
mit Charlotte Schmidhuber weiter nach Luckau.

»Die Jungs sollten noch schlafen«, hatte er Helene
ans Herz gelegt, bevor er das Revier verließ. »Und
versuchen Sie weiter, Siebert zu erreichen.«

Helene nutzte die ruhigen Minuten, um sich mit
den Eltern von Luis Engelhardt zu unterhalten. Im
gedämpften Licht des Besprechungsraums, wo die
Wände von alten Schwarz-Weiß-Fotos des Spree-
walds geschmückt waren, erzählte Sabine Engelhardt von ihrer Verzweiflung.

»Wir wissen, dass unser Sohn als verdächtig gilt
– wegen dieser Lügen, die Siri über ihn auf TikTok
verbreitet hat«, sagte sie plötzlich.

»Wenn Sie das Video kennen«, erwiderte Helene
ruhig, obwohl in ihrem Inneren ein Sturm tobte,
»dann wissen Sie auch, dass Siri den Aufenthaltsort Ihres Sohnes verraten hat.«

Die tiefe Stimme von Luis' Vater ertönte. »Ja,
das wissen wir. Und wir sind hier, weil wir
wollen, dass das endlich aufhört. Wir glauben

an Luis' Unschuld und sind bereit, alles zu tun, um sie zu beweisen. Wir möchten endlich einen Schlussstrich ziehen.«

Helene spürte, wie schwer diese Worte den Raum füllten, und unweigerlich musste sie an die Eltern von Lukas Schünemann denken. Für sie würde es nie einen Schlussstrich geben.

Helene riss sich aus ihren Gedanken und konzentrierte sich wieder auf das Gespräch. Sie waren so nah dran, den Fall zu lösen – aber es würde noch lange dauern, bis er abgeschlossen wäre, wenn er das jemals würde. Fälle, bei denen Kinder sterben, begleiten einen oft für den Rest des Lebens. Zum Glück, dachte sie, hatte sie die Möglichkeit, sich therapeutische Hilfe zu suchen. Viele andere hatten diese nicht.

»Warum sind Sie dann mit Charlotte Schmidhuber nach Lübbenau gefahren?« fragte Helene mit fester Stimme.

Sabine Engelhardt schüttelte langsam den Kopf und murmelte, kaum hörbar: »Wie die Mutter, so der Sohn. Wir standen unter Druck.«

Zur gleichen Zeit versuchte Walter Paul, das Eis mit dem Vater von Lukas Schünemann zu brechen. Es war, als würde er gegen eine Betonwand reden.

»Das Leben ist wie ein Gerichtssaal«, brummte

der Mann mit versteinerter Miene. »Alles, was du sagst, kann gegen dich verwendet werden. Also sage ich nichts, solange ich nichts sagen muss.« Kein weiteres Wort kam über seine Lippen.

Zwei Stunden vergingen, bevor Luis Engelhardt und Lorenz Schmidhuber sich endlich regten. Ihre Augen blinzelten müde in das fahle Licht des Verhörraums. Das Angebot, eine Dusche zu nehmen, lehnten sie ab, aber die Brötchen und den warmen Kakao nahmen sie dankbar an. Sabine Engelhardt und ihr Mann saßen mit ihrem Kaffee still daneben.

Nach dem Frühstück wandte Helene sich an die Eltern von Luis Engelhardt, während sie den Vater von Lorenz ignorierte Der hielt sich im Hintergrund, seine Haltung war starr und abweisend.

»Ich möchte jetzt mit Ihnen in den Vernehmungsraum gehen und dort in Ruhe mit Ihnen und den Jungen sprechen«, erklärte sie mit einer Stimme, die zugleich Entschlossenheit und Geduld ausdrückte. Sabine Engelhardt zog scharf die Luft ein, als wolle sie etwas erwidern, doch sie nickte nur zögernd.

»Möchten Sie einen Anwalt hinzuziehen?« fragte Helene.

»Nein.« Herr Engelhardt schüttelte den Kopf. »Es reicht, wenn wir zusammenarbeiten.«

Die Stimmung im Vernehmungsraum war angespannt. Helene wusste, mit Konfrontation würde
sie nicht weit kommen. Später würde es unver-
meidlich sein, doch jetzt musste sie sich erstmal
einfühlsam geben. Rücksichtsvoll. Den Tätern
gegenüber.

Eine Kollegin der örtlichen Wache betrat den
Raum und brachte Gummibärchen, deren bunte
Tüten fehl am Platz wirkte. Doch etwas Zucker
konnte nicht schaden.

Helene ließ ihren Blick über die Anwesenden
wandern, dann begann sie mit ruhiger Stimme:
»Ihr müsst nichts sagen, aber ich hoffe, ihr ver-
steht, wie wichtig es ist, dass wir alles erfahren,
was passiert ist.«

Luis und Lorenz saßen der Hauptkommissarin gegenüber. Luis' Hände ruhten auf seinem
Schoß, während Lorenz unablässig am Schirm
seines Basecaps zippelte und auf dem Stuhl hin
und her rutschte. Schließlich riss er den Kopf hoch
und begann zu sprechen: »Wir kommen nicht ins
Gefängnis. Wir sind noch keine vierzehn!« Trotz
und Unsicherheit lag in seinen Worten.

»Nein, aber es wird Konsequenzen geben. Für
euch. Für eure Familien«, versicherte Helene.

Die Jungen nickten betreten. Schließlich fiel Luis'
Fassade. Seine Stimme war leise und zitternd.

»Ich wollte das nicht. Es war ein Unfall.«

Helene ließ ihn erzählen. Nach und nach setzte sich das schreckliche Bild zusammen: Mobbing, Demütigungen, ein Junge, der seinen gleichaltrigen Peinigern ausgeliefert war.

»Wir sind ihm nachgelaufen«, murmelte Luis. »Er hat auf Lorenz Teppich gekotzt, und wir haben ihn ausgelacht. Nico meinte, er solle sich nicht so anstellen. Wir haben ihm ja nur ein halbes Glas Tequila trinken lassen. Auf dem Spielplatz haben wir ihn dann eingeholt und umzingelt.«

»Und da hielt Lukas Nico fest und Siri hat ihm in den Genitalbereich getreten, bevor Luis ihn letztendlich in den Schwitzkasten genommen hat, richtig?«

»Ich weiß nicht, warum ich das gemacht habe«, flüsterte Luis. »Er hat mich so wütend gemacht. Ich wollte, dass er aufhört, rumzuheulen.« Er stotterte, als er fortfuhr: »Es war … es war nicht fest. Nicht so, dass …« Seine Hände bebten nun sichtbar, und er starrte auf die Tischplatte, als könnte er den Moment zurückholen. »Aber dann hat er aufgehört, sich zu wehren, heulte nicht mehr. Und … dann ist er einfach zusammengesackt.«

Lorenz, der bislang geschwiegen hatte, hob seinen Kopf. Seine Augen waren rot, seine Stimme kaum mehr als ein Flüstern.

»Er ist umgefallen. Einfach so. Mit dem Gesicht in den Sand.«

Luis schniefte und schüttelte den Kopf, als wollte er am liebsten die Erinnerung abschütteln. »Wir haben gedacht, er verarscht uns. Aber … aber er hat sich nicht mehr bewegt.«

Helene sah die Jungen lange an, bevor sie leise sprach: »Und ihr habt nichts unternommen, habt ihn liegenlassen. Ihr wusstet, dass es kein Spiel mehr war.«

Die Eltern von Luis saßen schweigend da, ihre Gesichter waren aschfahl, ihre Blicke leer.

Durch den Fensterspalt wehte Kinderlachen von draußen in den Vernehmungsraum. Ein greller, unpassender Kontrast zu dem gebrochenen Leben, das in diesem Raum verhandelt wurde.

Der Autor:

Torsten Siekierka, 1984 in Potsdam geboren, lebt und arbeitet heute in Berlin. Er ist Sozialpädagoge und Autor der Berlin-Krimi-Reihe um Hauptkommissarin Helene Eberle, die mit ihrem Team in den tiefen Abgründen der Hauptstadt Verbrechen löst.

Weitere Fälle von Helene Eberle:

Endstation Berlin (Helene Eberles erster Fall)
ISBN 978-3750431843

Undankbares Berlin (Helene Eberles zweiter Fall)
ISBN 978-3949255113

Abseits Berlin (Helene Eberles dritter Fall)
ISBN 978-3757826598